Ted Hughes
Der Tiger tötet nicht

Ausgewählte Gedichte
Englisch - deutsch

Auswahl, Übertragung und Nachwort
von Jutta und Wolfgang Kaußen

Insel Verlag

Auswahl und Wortlaut der englischen Texte nach:
Ted Hughes, New Selected Poems 1957-1994, London 1995
Mit freundlicher Genehmigung des Verlages Faber & Faber, London

Abdruck der für diesen Band neu übersetzten
Gedichte aus »Crow« (London: Faber & Faber 1970)
mit freundlicher Genehmigung von
Klett-Cotta, Stuttgart (vgl. S. 359)

Die Europäische Kommission förderte dieses Buch
mit einem Honorarbeitrag zur Übersetzung.

Erste Auflage 1998

Satz: Satz Offizin Hümmer GmbH, Waldbüttelbrunn
Druck: Wagner GmbH, Nördlingen
Printed in Germany

Inhalt

Die Gedichte

The Thought-Fox

I imagine this midnight moment's forest:
Something else is alive
Beside the clock's loneliness
And this blank page where my fingers move.

Through the window I see no star:
Something more near
Though deeper within darkness
Is entering the loneliness:

Cold, delicately as the dark snow
A fox's nose touches twig, leaf;
Two eyes serve a movement, that now
And again now, and now, and now

Sets neat prints into the snow
Between trees, and warily a lame
Shadow lags by stump and in hollow
Of a body that is bold to come

Across clearings, an eye,
A widening deepening greenness,
Brilliantly, concentratedly,
Coming about its own business

Till, with a sudden sharp hot stink of fox
It enters the dark hole of the head.
The window is starless still; the clock ticks,
The page is printed.

Der Sinnfuchs

Ein bilde ich mir dieses Mitternachtsmoments Wald:
Etwas andres außer mir lebt
Noch neben der Uhr Einsamkeit
Und dieser leeren Seite, auf der meine Finger sich regen.

Durchs Fenster seh ich keinen Stern:
Etwas Näheres,
Doch tiefer in Dunkelheit,
Betritt nun die Einsamkeit:

Kalt, zart wie der dunkle Schnee
Berührt eines Fuchses Nase Zweig, Blatt;
Zwei Augen, hörig der Bewegung, die jetzt
Und jetzt wieder und jetzt und jetzt

Saubere Spuren setzt in den Schnee
Zwischen Bäumen, und witternd lahmt
Ein Schatten nach plump ins Hohl
Eines Körpers, der kühn wagt zu kommen

Über Lichtungen, ein Aug,
Sich weitende, tiefende Grünheit,
Glanzvoll, gespannt
Tritt er auf mit eigner Geschäftigkeit,

Bis er mit einem jäh scharf beißenden Fuchsstank
Eintritt in die dunkle Höhle des Kopfs.
Sternlos das Fenster noch; die Uhr tickt,
Die Seite ist gespurt.

Song

O lady, when the tipped cup of the moon blessed you
You became soft fire with a cloud's grace;
The difficult stars swam for eyes in your face;
You stood, and your shadow was my place:
You turned, your shadow turned to ice
    O my lady.

O lady, when the sea caressed you
You were a marble of foam, but dumb.
When will the stone open its tomb?
When will the waves give over their foam?
You will not die, nor come home,
    O my lady.

O lady, when the wind kissed you
You made him music for you were a shaped shell.
I follow the waters and the wind still
Since my heart heard it and all to pieces fell
Which your lovers stole, meaning ill,
    O my lady.

O lady, consider when I shall have lost you
The moon's full hands, scattering waste,
The sea's hands, dark from the world's breast,
The world's decay where the wind's hands have passed,
And my head, worn out with love, at rest
In my hands, and my hands full of dust,
    O my lady.

Lied

O Herrin, als Euch die spitzige Schale des Monds gesegnet,
Da wart Ihr Feuer lind und ein Wolkengedicht,
Die Augen: heikle Sterne in Eurem Gesicht,
Ihr standet da, Euer Schatten mein Kreis:
Ihr wandtet Euch ab, und der Schatten ward Eis
  O meiner Herrin.

O Herrin, als die See Euch umkost,
Da wart Ihr ein Marmorschäumen, doch stumm.
Wann wirft sich das steinerne Grabmal um?
Wann geben die Wellen den Schaum heraus?
Ihr sterbt nicht, noch kommt Ihr nach Haus,
  O meine Herrin.

O Herrin, als Euch der Wind geküßt, wart
Ihr Muschelschale für sein Flötenspiel.
Ich zieh mit den Wassern, dem Wind dahin,
Weil mein Herz es gehört und in Stücke zerfiel:
Die stahl Eurer Liebhaber Übelsinn,
  O meine Herrin.

O Herrin, hab ich Euch erst verlorn, schaut:
Den Mond, wie streut er Wüste im Überfluß!
Der See Hände: Schatten der Weltenbrust,
Die Welt, die vergeht auf der Windhände Gruß,
Und mein Kopf, von Liebe so matt, daß er ruhen muß
In meinen Händen, und in meinen Händen nur Staub,
  O meine Herrin.

The Jaguar

The apes yawn and adore their fleas in the sun.
The parrots shriek as if they were on fire, or strut
Like cheap tarts to attract the stroller with the nut.
Fatigued with indolence, tiger and lion

Lie still as the sun. The boa-constrictor's coil
Is a fossil. Cage after cage seems empty, or
Stinks of sleepers from the breathing straw.
It might be painted on a nursery wall.

But who runs like the rest past these arrives
At a cage where the crowd stands, stares, mesmerized,
As a child at a dream, at a jaguar hurrying enraged
Through prison darkness after the drills of his eyes

On a short fierce fuse. Not in boredom –
The eye satisfied to be blind in fire,
By the bang of blood in the brain deaf the ear –
He spins from the bars, but there's no cage to him

More than to the visionary his cell:
His stride is wildernesses of freedom:
The world rolls under the long thrust of his heel.
Over the cage floor the horizons come.

Der Jaguar

In der Sonne gähnen die Affen, verehren ihre Flöhe.
Die Aras kreischen auf wie in Flammen oder stolziern
Wie billige Nutten, die Nuß des Passanten anzuziehn.
Erschöpft vom Nichtstun, ruhn Tiger und Löwe

Sonnenstill. Die verschlungne Boa Constrictor –
Ist ein Fossil. Käfig um Käfig scheint leer, oder
Es stinkt nach Schläfern vom Ausdunst des Strohs.
Könnte gemalt sein auf einer Kinderzimmerwand.

Aber wer mit den andern weiterläuft, steht jetzt
Vor einem Zwinger: die Menge verharrt, starrt hypnotisiert
Wie ein Kind den Traum einen Jaguar an: wütend hetzt
Der im Kerkerfinstern hinterm bohrenden Blick her

Auf ein kurzwildes Zünden. Nicht abgestumpft ist er –
Blind in Flammen zu stehn genügt seinem Aug,
Vom Pulsschlag im Hirn ist sein Ohr ertaubt –
Prallt von Gittern zurück. Doch ist ihm sein Zwinger nicht mehr

Als dem Visionär sein Gehäus:
Wildnisse an Freiheit greift sein Lauf.
Die Welt rollt dahin unterm langen Schub seiner Ferse.
Überm Käfigboden wachsen Horizonte auf.

Vampire

You hosts are almost glad he gate-crashed: see,
How his eyes brighten on the whisky, how his wit
Tumbles the company like a lightning stroke –
You marvel where he gets his energy from ...

But that same instant, here, far underground,
This fusty carcase stirs its shroud and swells.

›Stop, stop, oh for God's sake, stop!‹ you shriek
As your tears run down, but he goes on and on
Mercilessly till you think your ribs must crack ...

While this carcase's eyes grimace, stitched
In the cramp of an ordeal, and a squeeze of blood
Crawls like scorpions into its hair.

You plead, limp, dangling in his mad voice, till
With a sudden blood-spittling cough, he chokes: he leaves
Trembling, soon after. You slump back down in a chair
Cold as a leaf, your heart scarcely moving ...

Deep under the city's deepest stone
This grinning sack is bursting with your blood.

Vampir

Ihr Gastgeber seid fast froh, daß er hereingeplatzt ist: schau,
Wie seine Augen sich aufhellen überm Whisky, wie sein Witz
Die Gesellschaft aufmischt: ein Blitzschlag –
Du wunderst dich, woher er die Energie nimmt...

Aber im gleichen Moment, hier, tief unter der Erde,
Erregt dieser muffige Kadaver sein Leichentuch, schwillt an.

›Halt, halt, um Gottes willen, halt!‹ kreischst du,
Während dir die Tränen runterlaufen, aber er macht weiter und weiter,
Gnadenlos, bis du denkst, deine Rippen müßten brechen...

Dabei grimassieren die Augen dieses Kadavers, eingestickt
In die Fessel einer Zerreißprobe, und ein Rinnsal Blut
Kriecht wie Skorpion in sein Haar.

Du flehst, schlaff baumelnd in seiner irren Stimme, bis er
An einem jähen Bluthusten würgt: gleich darauf
Geht er zitternd. Du sackst zurück in einen Stuhl,
Kalt wie ein Blatt, dein Herz schlägt kaum noch...

Tief unter dem tiefsten Stein der Stadt
Platzt dieser grinsende Sack grad von deinem Blut.

Wind

This house has been far out at sea all night,
The woods crashing through darkness, the booming hills,
Winds stampeding the fields under the window
Floundering black astride and blinding wet

Till day rose; then under an orange sky
The hills had new places, and wind wielded
Blade-light, luminous black and emerald,
Flexing like the lens of a mad eye.

At noon I scaled along the house-side as far as
The coal-house door. Once I looked up –
Through the brunt wind that dented the balls of my eyes
The tent of the hills drummed and strained its guyrope,

The fields quivering, the skyline a grimace,
At any second to bang and vanish with a flap:
The wind flung a magpie away and a black-
Back gull bent like an iron bar slowly. The house

Rang like some fine green goblet in the note
That any second would shatter it. Now deep
In chairs, in front of the great fire, we grip
Our hearts and cannot entertain book, thought,

Or each other. We watch the fire blazing,
And feel the roots of the house move, but sit on,
Seeing the window tremble to come in,
Hearing the stones cry out under the horizons.

Wind

Weit draußen auf See war dieses Haus über Nacht,
Die Wälder krachten durchs Dunkel, die Hügel dröhnten,
Winde ließen die Felder durchgehn unterm Fenster,
Kamen schwarz rittlings ins Schwimmen und verdunkelten die Nässe,

Bis der Tag anbrach; da hatten unterm kreßfarbenen Himmel
Die Hügel neue Plätze, und der Wind führte
Schwert-Licht, leuchtendes Schwarz und Smaragdgrün,
Gekrümmt wie die Linse eines irren Augs.

Mittags kletterte ich am Haus entlang bis grad
Zur Tür des Kohlenschuppens. Einmal schaute ich auf –
In die Windwucht hinein, die mir die Augäpfel eindrückte,
Das Zelt der Hügel dröhnte, riß an seinem Spannseil,

Die Felder ein Beben, der Horizont Grimasse,
Konnte jeden Moment bersten und verschwinden mit einem Flapp:
Der Wind schleuderte eine Elster fort, und eine Mantel-
Möwe bog sich langsam wie eine Eisenstange. Das Haus

Klang wie irgendein feiner grüner Kelch in dem Ton,
Der ihn jeden Moment zum Zerspringen bringt. Tief nun
Wir in den Sesseln, vorm großen Feuer, fassen unser
Herz, außerstand, uns zu befassen mit Büchern, Gedanken

Oder nur miteinander. Wir schauen ins lodernde Feuer,
Spürn wie die Wurzeln unterm Haus gehn, doch bleiben sitzen,
Sehn, wie das Fenster zittert hereinzuplatzen,
Hörn die Steine aufschrein unter den Horizonten.

October Dawn

October is marigold, and yet
A glass half full of wine left out

To the dark heaven all night, by dawn
Has dreamed a premonition

Of ice across its eye as if
The ice-age had begun its heave.

The lawn overtrodden and strewn
From the night before, and the whistling green

Shrubbery are doomed. Ice
Has got its spearhead into place.

First a skin, delicately here
Restraining a ripple from the air;

Soon plate and rivet on pond and brook;
Then tons of chain and massive lock

To hold rivers. Then, sound by sight
Will Mammoth and Sabre-tooth celebrate

Reunion while a fist of cold
Squeezes the fire at the core of the world,

Squeezes the fire at the core of the heart,
And now it is about to start.

Oktoberdämmerung

Oktober ist Ringelblumengold, und doch:
Ein halb Glas Wein ausgesetzt

Dem dunklen Himmel über Nacht, hat
Bei Dämmrung eine Ahnung geträumt

Von Eis überm Aug, als habe
Die Eiszeit angehoben zu atmen.

Der Rasen, niedergetreten, zerstreut
Von der Nacht zuvor, und das zwitschernde grüne

Gebüsch: beide verdammt. Eis
Hat seine Speerspitze plaziert.

Zunächst eine Haut, ganz sachte hier
Versagt sie sich einem Kräuseln der Luft.

Bald Platte und Niet auf Teich und Bach;
Dann tonnenschwer Kette und festes Schloß,

Flüsse festzuhalten. Gesund, wie's so scheint,
Werden Mammut und Säbelzahn Wiedersehn

Feiern, da eine Kältefaust
Das Feuer zerdrückt im Innersten der Welt,

Das Feuer zerdrückt im Innersten des Herzens,
Und nun hebt es an und beginnt.

The Casualty

Farmers in the fields, housewives behind steamed windows,
Watch the burning aircraft across the blue sky float,
As if a firefly and a spider fought,
Far above the trees, between the washing hung out.
They wait with interest for the evening news.

But already, in a brambled ditch, suddenly-smashed
Stems twitch. In the stubble a pheasant
Is craning every way in astonishment.
The hare that hops up, quizzical, hesitant,
Flattens ears and tears madly away and the wren warns.

Some, who saw fall, smoke beckons. They jostle above,
They peer down a sunbeam as if they expected there
A snake in the gloom of the brambles or a rare flower –
See the grave of dead leaves heave suddenly, hear
It was a man fell out of the air alive,

Hear now his groans and senses groping. They rip
The slum of weeds, leaves, barbed coils; they raise
A body that as the breeze touches it glows,
Branding their hands on his bones. Now that he has
No spine, against heaped sheaves they prop him up,

Arrange his limbs in order, open his eye,
Then stand, helpless as ghosts. In a scene
Melting in the August noon, the burned man
Bulks closer greater flesh and blood than their own,
As suddenly the heart's beat shakes his body and the eye

Widens childishly. Sympathies
Fasten to the blood like flies. Here's no heart's more
Open or large than a fist clenched, and in there
Holding close complacency its most dear
Unscratchable diamond. The tears of their eyes

Ein Verlust

Bauern auf dem Feld, Hausfrauen hinter bedampften Fenstern
Beobachten, wie das brennende Flugzeug quer über den Himmel fliegt,
Als ob Leuchtkäfer und Spinne miteinander kämpften,
Weit über den Bäumen, zwischen der aufgehängten Wäsche.
Mit Interesse warten sie auf die Abendnachrichten.

Doch schon zucken in einem brombeerüberwucherten Graben jäh erschütterte
Stämme. In den Stoppeln verrenkt
Ein Fasan den Hals erstaunt in alle Richtungen.
Der Hase hopst hoch, zapplig, zögernd,
Legt die Ohren an und reißt aus wie verrückt, und der Zaunkönig warnt.

Einigen, die ihn fallen sahen, gibt der Rauch Zeichen. Sie drängen sich oben,
Lassen einen Sonnenstrahl durchspähen, als dächten sie, dort
Im Düster der Brombeeren sei eine Schlange oder eine seltene Blume –
Sehen das Grab aus totem Laub sich plötzlich heben, hören,
Es war ein Mann, der lebend aus der Luft fiel,

Hören nun sein Stöhnen und seine Sinne tasten. Sie zerreißen
Den Wirrwarr von Unkraut, Blättern, stachligem Geknäul; sie heben
Einen Körper an, der aufglüht, als ihn die Brise berührt,
Verbrennen ihre Hände an seinen Knochen. Nun, da er
Keine Wirbelsäule mehr hat, stützen sie ihn gegen aufgehäufte Garben,

Ordnen seine Glieder richtig, öffnen ihm die Augen,
Stehn dann da, hilflos wie Geister. In einer Szene, die
In den Augustnachmittag einschmilzt, schwillt der verbrannte Mann
Auf zu mehr Fleisch und Blut, als sie selbst sind:
Plötzlich schüttelt der Herzschlag seinen Körper, und das Auge

Weitet sich kindlich. Mitgefühl
Heftet sich wie Fliegen ans Blut. Hier ist kein Herz
Offener oder größer als eine geballte Faust, und darin
Umklammert Selbstzufriedenheit ihren herzliebsten
Unzerkratzbaren Diamanten. Die Tränen ihrer Augen,

Too tender to let break, start to the edge
Of such horror close as mourners can,
Greedy to share all that is undergone,
Grimace, gasp, gesture of death. Till they look down
On the handkerchief at which his eye stares up.

Zu zart auszubrechen, treten bis an den Rand
Solchen Schreckens, so nah wie Trauernde es können, die
Begierig sind mitzubekommen, was immer erlitten wird:
Fratze, Keuchen, Gebärde des Todes. Bis sie hinabsehen
Auf das Taschentuch, zu dem sein Auge emporstarrt.

The Martyrdom of Bishop Farrar

Burned by Bloody Mary's men at Carmarthen.
›If I flinch from the pain of the burning,
believe not the doctrine that I have preached.‹
(His words on being chained to the stake.)

Bloody Mary's venomous flames can curl:
They can shrivel sinew and char bone
Of foot, ankle, knee, and thigh, and boil
Bowels, and drop his heart a cinder down;
And her soldiers can cry, as they hurl
Logs in the red rush: ›This is her sermon.‹

The sullen-jowled watching Welsh townspeople
Hear him crack in the fire's mouth; they see what
Black oozing twist of stuff bubbles the smell
That tars and retches their lungs: no pulpit
Of his ever held their eyes so still,
Never, as now his agony, his wit.

An ignorant means to establish ownership
Of his flock! Thus their shepherd she seized
And knotted him into this blazing shape
In their eyes, as if such could have cauterized
The trust they turned towards him, and branded on
Its stump her claim, to outlaw question.

So it might have been: seeing their exemplar
And teacher burned for his lessons to black bits,
Their silence might have disowned him to her,
And hung up what he had taught with their Welsh hats:
Who sees his blasphemous father struck by fire
From heaven, might well be heard to speak no oaths.

Das Martyrium des Bischofs Farrar

Verbrannt von den Männern der Blutigen Maria in Carmarthen.
›Weiche ich zurück vorm Schmerz des Verbrennens,
Glaubt nicht an die Lehre, die ich gepredigt habe.‹
(Seine Worte, als er an den Pfahl gebunden wurde.)

Maria der Blutigen giftige Flammen machen wohl kräuseln,
Sie schrumpfen wohl Sehnen, verkohlen die Knochen
Von Fuß, Gelenk, Knie und Schenkel und kochen
Eingeweid, rieseln sein Herz als Asche hinab,
Und ihre Männer mögen wohl schrein, wie sie Stämme
Stoßen in Weißglut hinein: ›So hat sie gesprochen.‹

Die über mürrischen Kiefern zuschaun: walisische Städter,
Hörn ihn knacken im Feuermaul, und sie sehn
Schwarzsickernd verdrehtes Zeug, siedend Gepest,
Das die Lungen teert und würgt: nie
Hielt der auf der Kanzel ihr Blicken so fest,
Noch nie sein Geist, wie jetzt Agonie.

Eine Unwissende glaubt, ihr gehöre
Die Herde! So hat sie deren Hirten gepackt,
Ihn verknotet zu solcher Form und entflammt
Vor ihren Augen, als könnt sie aussengen
Ihr in ihn gesetztes Vertraun und einbrennen
Diesem Stumpf ihr Mal: die Sache zu ächten.

So hätt es sein können: vor Augen ihr Vorbild,
Den Lehrer, verbrannt für sein Wort zu Stücken und Teer,
Hätt ihr Schweigen ihn vor ihr verleugnet,
Aufgehängt mit den Waliser Hüten die Lehr:
Sieht wer seinen Vater gottlästernd von himmlischen Feuern
Geschlagen, verzichtet gern er auf fluchend Beteuern.

But the fire that struck here, come from Hell even,
Kindled little heavens in his words
As he fed his body to the flame alive.
Words which, before they will be dumbly spared,
Will burn their body and be tongued with fire
Make paltry folly of flesh and this world's air.

When they saw what annuities of hours
And comfortable blood he burned to get
His words a bare honouring in their ears,
The shrewd townsfolk pocketed them hot:
Stamp was not current but they rang and shone
As good gold as any queen's crown.

Gave all he had, and yet the bargain struck
To a merest farthing his whole agony,
His body's cold-kept miserdom of shrieks
He gave uncounted, while out of his eyes,
Out of his mouth, fire like a glory broke,
And smoke burned his sermon into the skies.

Aber dies Feuer hier schlug nun grad aus der Hölle,
Entzündete Himmel, kleine, in seinen Worten,
Wie lebendigen Leibs er die Flamme nährte.
Worte, die, bevor blöde verspart,
Ihre Leiber verbrennen und feuerzüngig
Zu Narrenkram machen Fleisch und dieser Welt Art.

Als sie sahn von Stunden die Jahresraten,
Welch gutes Blut er verbrannte, damit
Ihren Ohren sein Wort ein bares Verlohnen,
Da füllten die klugen Städter die Taschen sich heiß:
Nicht gängig die Prägung, doch ein Klang und Gegleiß,
Sogut Gold wie jeder Königin Krone.

Hin gab er sein Alles, doch schlug der Handel
Auf kleinste Heller klein seine Qual,
Seines Körpers kaltgedämmt Elend aus Schrein
Gab zahllos er aus, und Feuer flammte
Aus Augen und Rachen ihm: prachtvoller Schein –
Und Rauch seine Predigt den Himmeln einbrannte.

Song from Bawdry Embraced

From what dog's dish or crocodile's rotten
  Larder she had come
He questioned none: ›It is enough
  That she is and I am.‹

They caught each other by the body
  And fell in a heap:
A cockerel there struck up a tread –
  Like a cabman's whip.

And so they knit, knotted and wrought
  Braiding their ends in;
So fed their radiance to themselves
  They could not be seen.

And thereupon – a miracle!
  Each became a lens
So focussing creation's heat
  The other burst in flames.

Bawdry! Bawdry! Steadfastly
  Thy great protagonists
Died face to face, with bellies full,
  In the solar waste

Where there is neither skirt nor coat,
  And every ogling eye
Is a cold star to measure
  Their solitude by.

Lied aus Unzucht, der umarmten

Von welchem Freßnapf, welchen Krokodils
 Schmutzkammer sie erschien –
Fragte er keinen: ›Es ist genug,
 Daß sie ist und ich bin.‹

Am Körper packten sie sich fest,
 Aufeinander fielen sie dann:
Ein Hähnchen schwang in Hahnentritt.
 Kutscherpeitsche treibt so an.

Da wirkten, knüpften, strickten sie
 Ihr jedes End ineins,
Ihr Strahlen fressend in sich selbst,
 Wer hinsah, sah doch keins.

Und daraufhin – ein Wunder wars!
 Ein jedes wurd zum Glas,
Die Schöpfungshitze bündelnd, daß
 Das andre flammend barst.

Unzucht! Unzucht! Unverwandten
 Blicks starben deine Helden,
Die Bäuche voneinander voll,
 Solar verglüht das Land,

Wo weder Rock noch Mantel ist,
 Liebsäugel alle Zeit
Nur kalte Sterne, und an denen mißt
 Sich ihre Einsamkeit.

February

The wolf with its belly stitched full of big pebbles;
Nibelung wolves barbed like black pineforest
Against a red sky, over blue snow; or that long grin
Above the tucked coverlet – none suffice.

A photograph: the hairless, knuckled feet
Of the last wolf killed in Britain spoiled him for wolves:
The worst since has been so much mere Alsatian.
Now it is the dream cries ›Wolf!‹ where these feet

Print the moonlit doorstep, or run and run
Through the hush of parkland, bodiless, headless;
With small seeming of inconvenience
By day, too, pursue, siege all thought;

Bring him to an abrupt poring stop
Over engravings of gibbet-hung wolves,
As at a cage where the scraggy Spanish wolf
Danced, smiling, brown eyes doggily begging

A ball to be thrown. These feet, deprived,
Disdaining all that are caged, or storied, or pictured,
Through and throughout the true world search
For their vanished head, for the world

Vanished with the head, the teeth, the quick eyes –
Now, lest they choose his head,
Under severe moons he sits making
Wolf-masks, mouths clamped well onto the world.

Februar

Der Wolf mit seinem zugenähten Bauch voll Wackersteinen,
Nibelungenwölfe stacheldrahtig wie schwarzer Kiefernwald
Vor Rothimmel über Schneeblaun; oder dies lange Grinsen
Über der aufgeschlagenen Bettdecke – das reicht nicht hin.

Ein Foto: die haarlosen knöchligen Füße
Des letzten in Britannien getöteten Wolfs verdarben ihn für Wölfe:
Der schlimmste seitdem war nichts als bloßer Schäferhund.
Nun ists der Traum, der blinden Wolfsalarm gibt, darin diese Füße

Die mondlichtne Türschwelle prägen oder laufen und laufen
Durch die Weidenlandstille, körperlos, kopflos;
Mit kaum einem Anschein Unpäßlichkeit
Verfolgen, belagern sie selbst bei Tag alle Gedanken;

Bringen ihn zu einem jäh brütenden Halt
Vor Stichen mit gehenkten Wölfen,
Und vor einem Käfig, wo der dürre Spanische Wolf
Lächelnd tanzt, mit hündisch bettelnden braunen Augen,

Daß einer den Ball wirft. Diese beraubten Füße
Verachten alle Eingefangenen, Erzählten, Gemalten,
Suchen die wirkliche Welt durch und durch
Nach ihrem verschwundenen Kopf, weil die Welt

Verschwunden ist mit dem Kopf, den Zähnen, den beweglichen Augen –
Damit sie ihm nicht den Kopf nehmen,
Sitzt er unter rauhen Monden, macht
Wolfsmasken mit Mäulern, die fest verklammert sind mit der Welt.

Esther's Tomcat

Daylong this tomcat lies stretched flat
As an old rough mat, no mouth and no eyes,
Continual wars and wives are what
Have tattered his ears and battered his head.

Like a bundle of old rope and iron
Sleeps till blue dusk. Then reappear
His eyes, green as ringstones: he yawns wide red,
Fangs fine as a lady's needle and bright.

A tomcat sprang at a mounted knight,
Locked round his neck like a trap of hooks
While the knight rode fighting its clawing and bite.
After hundreds of years the stain's there

On the stone where he fell, dead of the tom:
That was at Barnborough. The tomcat still
Grallochs odd dogs on the quiet,
Will take the head clean off your simple pullet,

Is unkillable. From the dog's fury,
From gunshot fired point-blank he brings
His skin whole, and whole
From owlish moons of bekittenings

Among ashcans. He leaps and lightly
Walks upon sleep, his mind on the moon.
Nightly over the round world of men,
Over the roofs go his eyes and outcry.

Esthers Kater

Tagelang liegt dieser Kater platt da
Wie'n alter Abtreter, kein Maul und kein Aug,
Der Dauerstreit und die Weiber warns,
Die habn die Ohrn gefetzt, auf den Kopf ihm gehaun,

Wie'n Bündel Altseil und Schrott, schläft,
Bis es dämmert. Und wieder stellen sich ein
Die Augen, ringsteingrün: weitrot sein Gähnen,
Wie einer Herrin Nadeln hell die Fänge und fein.

Ein Kater sprang auf 'nen Rittersmann,
Umschloß seinen Hals wie 'ne Falle mit Klaun,
An ritt der Ritter wider Kralle und Zahn,
Nach hunderten Jahrn ist der Fleck nicht verwittert

Auf dem Stein, wo er fiel, tot von der Katz:
Bei Barnborough wars. Klammheimlich aus
Krallt der Kater immer noch seltsame Hunde,
Kriegt den Kopf sauber ab dir vom Hühnchen,

Ist untötbar. Aus dem Hunderachen
Und vom Kernschuß des Schießgewehrs bringt er
Heim heil seine Haut, und heil auch kommt
Aus euligen Monden der Kätzchenmacher

Zwischen Mülleimern. Springt und leicht
Spaziert er auf Schlaf, sein Verstand auf'm Mond.
Nächtlich über das Weltrund der Menschen,
Über die Dächer gehn sein Blick und sein Schrein.

Hawk Roosting

I sit in the top of the wood, my eyes closed.
Inaction, no falsifying dream
Between my hooked head and hooked feet:
Or in sleep rehearse perfect kills and eat.

The convenience of the high trees!
The air's buoyancy and the sun's ray
Are of advantage to me;
And the earth's face upward for my inspection.

My feet are locked upon the rough bark.
It took the whole of Creation
To produce my foot, my each feather:
Now I hold Creation in my foot

Or fly up, and revolve it all slowly –
I kill where I please because it is all mine.
There is no sophistry in my body:
My manners are tearing off heads –

The allotment of death.
For the one path of my flight is direct
Through the bones of the living.
No arguments assert my right:

The sun is behind me.
Nothing has changed since I began.
My eye has permitted no change.
I am going to keep things like this.

Falke, ruhend

Ich sitze im Mastkorb des Walds, die Augen geschlossen,
Nichtstun, kein verfälschender Traum
Zwischen meinem Klauenkopf und den Klauenfüßen:
Oder im Schlaf geübtes perfektes Töten und Fressen.

Die Annehmlichkeit der hohen Bäume!
Die Spannkraft der Luft und die Strahlen der Sonne
Sind mir von Vorteil;
Und das Gesicht der Erde ist offen für meine Aufsicht.

Meine Füße schließen sich um die rauhe Rinde.
Die ganze Schöpfung hat es gebraucht,
Meine Füße zu schaffen, eine jede meiner Federn:
Nun halte ich Schöpfung in meinem Fuß

Oder flieg auf und drehe alles langsam um –
Ich töte wo ich will, denn alles ist mein.
Da sind keine Wortklaubereien in meinem Körper:
Kopfabreißen ist meine Manier –

Die Zuteilung von Tod.
Denn meine einzige Flugbahn geht direkt
Durch die Knochen des Lebenden.
Keine Beweise behaupten mein Recht:

Die Sonne steht hinter mir.
Nichts hat sich geändert seit meinen Anfängen.
Mein Aug hat keinen Wandel erlaubt.
Ich werde dafür sorgen, daß es so bleibt.

Fire-Eater

Those stars are the fleshed forebears
Of these dark hills, bowed like labourers,

And of my blood.

The death of a gnat is a star's mouth: its skin,
Like Mary's or Semele's, thin

As the skin of fire:
A star fell on her, a sun devoured her.

My appetite is good
Now to manage both Orion and Dog

With a mouthful of earth, my staple.
Worm-sort, root-sort, going where it is profitable.

A star pierces the slug,

The tree is caught up in the constellations.
My skull burrows among antennae and fronds.

Feuerfresser

Jene Sterne sind die fleischgewordenen Vorfahren
Dieser dunklen Hügel, gebeugt wie Arbeiter,

Und von meinem Blut.

Der Tod einer Mücke ist eines Sterns Mund: ihre Haut
Wie die Marias oder Semeles, dünn

Wie die Haut von Feuer:
Ein Stern fiel auf sie herab, eine Sonne fraß sie auf.

Mein Appetit ist gut,
Jetzt schaffe ich beide, Orion und Hund.

Mit einem Mundvoll Erde, meinem Hauptprodukt.
Wurmart, Wurzelart, gehn dahin, wo es sich lohnt.

Ein Stern durchsticht die Schnecke,

Der Baum ist aufgegangen in den Sternbildern.
Mein Schädel birgt sich zwischen Fühlern und Farnen.

The Bull Moses

A hoist up and I could lean over
The upper edge of the high half-door,
My left foot ledged on the hinge, and look in at the byre's
Blaze of darkness: a sudden shut-eyed look
Backward into the head.
                                        Blackness is depth
Beyond star. But the warm weight of his breathing,
The ammoniac reek of his litter, the hotly-tongued
Mash of his cud, steamed against me.
Then, slowly, as onto the mind's eye –
The brow like masonry, the deep-keeled neck:
Something come up there onto the brink of the gulf,
Hadn't heard of the world, too deep in itself to be called to,
Stood in sleep. He would swing his muzzle at a fly
But the square of sky where I hung, shouting, waving,
Was nothing to him; nothing of our light
Found any reflection in him.
                                                Each dusk the farmer led him
Down to the pond to drink and smell the air,
And he took no pace but the farmer
Led him to take it, as if he knew nothing
Of the ages and continents of his fathers,
Shut, while he wombed, to a dark shed
And steps between his door and the duckpond;
The weight of the sun and the moon and the world hammered
To a ring of brass through his nostrils. He would raise
His streaming muzzle and look out over the meadows,
But the grasses whispered nothing awake, the fetch
Of the distance drew nothing to momentum
In the locked black of his powers. He came strolling gently back,
Paused neither toward the pig-pens on his right,
Nor toward the cow-byres on his left: something
Deliberate in his leisure, some beheld future
Founding in his quiet.
                                        I kept the door wide,
Closed it after him and pushed the bolt.

Der Stier Moses

Ein Klimmzug, und schon lehnte ich über
Der oberen Kante der hohen Halbtür,
Meinen linken Fuß aufs Scharnier gestellt, schaute ich in des Stalls
Blendende Dunkelheit: ein jäher Blick mit geschlossenen Augen
Zurück in den Kopf.
                                        Schwärze ist Tiefe
Jenseits Stern. Aber das warme Gewicht seines Atmens,
Der Ammoniakgestank seiner Streu, der heißzüngige
Brei seiner Widerkäuung, dünsteten mich an.
Dann kam langsam, wie aufs geistige Auge –
Die Stirn wie Mauerwerk, der kielförmige Nacken:
Etwas hoch da bis an den Rand des Abgrunds,
Hatte nie von der Welt gehört, zu tief in sich selbst, um angerufen zu werden,
Stand im Schlaf. Er würde sein Maul nach einer Fliege schwenken,
Aber das Himmelsviereck, in dem ich hing, rufend, winkend,
Bedeutete ihm nichts; keine Spur von unserem Licht
Fand sich in ihm gespiegelt.
                                                    Immer bei Dämmerung führte ihn der Bauer
Hinunter zum Teich, zum Trinken und Luftschnappen,
Und er faßte keinen Tritt, aber der Bauer
Brachte ihn dazu, als ob er nichts wüßte
Von den Zeitaltern und Kontinenten seiner Väter,
Verschlossen, während er leibte, in eine dunkle Hülle
Und in Schritte zwischen seiner Tür und dem Ententeich;
Das Gewicht der Sonne und des Mondes und der Welt zu einem
Messingring durch seine Nüstern gehämmert. Gewöhnlich hob er
Sein triefendes Maul und hielt Ausschau über die Wiesen,
Aber die Gräser raunten nichts wach in ihm, das Überschauen
Der Entfernung brachte nichts in Schwung
In der verschlossenen Schwärze seiner Kräfte. Gemächlich kam er zurückgetrollt,
Hielt weder inne bei den Schweinekoben zu seiner Rechten
Noch bei den Kuhställen zu seiner Linken: irgendetwas
Überlegtes lag in seiner Muße, irgendeine Zukunftsvision
Gründete in seiner Ruhe.
                                                Ich hielt die Tür weit offen,
Schloß sie hinter ihm und schob den Riegel vor.

View of a Pig

The pig lay on a barrow dead.
It weighed, they said, as much as three men.
Its eyes closed, pink white eyelashes.
Its trotters stuck straight out.

Such weight and thick pink bulk
Set in death seemed not just dead.
It was less than lifeless, further off.
It was like a sack of wheat.

I thumped it without feeling remorse.
One feels guilty insulting the dead,
Walking on graves. But this pig
Did not seem able to accuse.

It was too dead. Just so much
A poundage of lard and pork.
Its last dignity had entirely gone.
It was not a figure of fun.

Too dead now to pity.
To remember its life, din, stronghold
Of earthly pleasure as it had been,
Seemed a false effort, and off the point.

Too deadly factual. Its weight
Oppressed me – how could it be moved?
And the trouble of cutting it up!
The gash in its throat was shocking, but not pathetic.

Once I ran at a fair in the noise
To catch a greased piglet
That was faster and nimbler than a cat,
Its squeal was the rending of metal.

Ansicht eines Schweins

Das Schwein lag tot auf einem Wagen.
Es wog, hieß es, soviel wie drei Mann.
Seine Augen geschlossen, weißrosa Augenwimpern.
Seine Beine standen gerade ab.

Solch Gewicht und dicke rosa Masse,
Zu Tod gebracht, schienen nicht nur tot.
Es war weniger als leblos, viel weniger als das.
Es war wie ein Sack Weizen.

Ich stieß es an, ohne Gewissensbisse.
Man fühlt sich der Totenbeleidigung schuldig,
Wenn man über Gräber geht. Aber dieses Schwein
Schien nicht imstande, Anklage zu erheben.

Es war zu tot. Gerademal
Eine Zentnerlast Fett und Fleisch.
Seine letzte Würde völlig dahin.
Es war keine komische Figur.

Zu tot nun zum Bemitleidetwerden.
Seines Lebens zu gedenken, des Lärms, der Hochburg
Irdischen Vergnügens, das es gewesen war,
Schien falsches Bemühn, glatt daneben.

Tatsächlich zu tödlich. Sein Gewicht
Bedrückte mich – wie könnte es bewegt werden?
Und der Ärger mit dem Zerschneiden!
Der Schnitt an seinem Hals war erschreckend, aber griff nicht ans Herz.

Einmal jagte ich bei einem Jahrmarktstreiben
Hinter einem eingefetteten Ferkel her,
Das schneller und behender war als eine Katze,
Sein Quieken war aufreißendes Metall.

Pigs must have hot blood, they feel like ovens.
Their bite is worse than a horse's –
They chop a half-moon clean out.
They eat cinders, dead cats.

Distinctions and admirations such
As this one was long finished with.
I stared at it a long time. They were going to scald it,
Scald it and scour it like a doorstep.

Schweine müssen heißes Blut haben, sie fühlen sich an wie Backöfen.
Ihr Biß ist schlimmer als der eines Pferds –
Sie hacken einen Halbmond sauber raus.
Sie fressen Asche, tote Katzen.

Mit Würdigen und Bewundern wie
Jetzt hier war es lang schon vorbei.
Ich starrte lange darauf. Sie waren dabei, es zu brühen,
Zu brühen und zu scheuern wie eine Türschwelle.

The Retired Colonel

Who lived at the top end of our street
Was a Mafeking stereotype, ageing.
Came, face pulped scarlet with kept rage,
For air past our gate.
Barked at his dog knout and whipcrack
And cowerings of India: five or six wars
Stiffened in his reddened neck;
Brow bull-down for the stroke.

Wife dead, daughters gone, lived on
Honouring his own caricature.
Shot through the heart with whisky wore
The lurch like ancient courage, would not go down
While posterity's trash stood, held
His habits like a last stand, even
As if he had Victoria rolled
In a Union Jack in that stronghold.

And what if his sort should vanish?
The rabble starlings roar upon
Trafalgar. The man-eating British lion
By a pimply age brought down.
Here's his head mounted, though only in rhymes.
Beside the head of the last English
Wolf (those starved gloomy times!)
And the last sturgeon of Thames.

Der Oberst im Ruhestand

Der ganz am Ende unsrer Straße gelebt,
War ein alterndes Mafeking-Klischee.
Purpurrot das Gesicht vor Zornverhalt, kams
Luft zu schnappen vorbei hier am Tor.
Belfernd nach Hundeknute und Peitschengepfeif
Und nach Indiens Kuschen: Kriege, fünf, sechs,
Davon war sein rotes Genick so steif,
Und die Stirn bullig gesenkt für den Schlag.

Frau tot, Töchter auf und davon, lebte er nur
Vom Ehrbezeugen vor seiner Karikatur.
Trug, durchs Herz ein Schuß Whisky pur,
Sein Schwanken wie Vorzeitmut, nur nicht untergehn
Vor dem Nachweltgesindel, die Gewohnheiten halten
Wie den letzten Gefechtsstand, grad
Als hätt er Victoria eingepackt
Auf diesem Posten im Union Jack.

Was wird, muß seine Art mal erlöschen?
Der Starenpöbel erhebt sein Gegröl
Auf Trafalgar. Der menschenfressende britische Leu
Niedergemacht von verpickelter Zeit.
Hochgehängt hier sein Kopf, und seis nur im Reim,
Neben dem Kopf des letzten englischen
Wolfs (diese trüben Hungerleiderzeiten!) und beim
Letzten Stör aus der Themse.

An Otter

I

Underwater eyes, an eel's
Oil of water body, neither fish nor beast is the otter:
Four-legged yet water-gifted, to outfish fish;
With webbed feet and long ruddering tail
And a round head like an old tomcat.

Brings the legend of himself
From before wars or burials, in spite of hounds and vermin-poles;
Does not take root like the badger. Wanders, cries;
Gallops along land he no longer belongs to;
Re-enters the water by melting.

Of neither water nor land. Seeking
Some world lost when first he dived, that he cannot come at since,
Takes his changed body into the holes of lakes;
As if blind, cleaves the stream's push till he licks
The pebbles of the source; from sea

To sea crosses in three nights
Like a king in hiding. Crying to the old shape of the starlit land,
Over sunken farms where the bats go round,
Without answer. Till light and birdsong come
Walloping up roads with the milk wagon.

II

The hunt's lost him. Pads on mud,
Among sedges, nostrils a surface bead,
The otter remains, hours. The air,
Circling the globe, tainted and necessary,

Ein Otter

I

Unterwasseraugen, einem Aal
Gleich die Öligkeit seines Wasserleibs, nicht Fisch noch Fleisch ist der Otter,
Vierbeinig, doch wassergängig, Fisch auszufischen;
Mit Schwimmhäuten und langem Ruderschwanz,
Und einem alten Kater ähnlich sein Rundkopf.

Übermittelt die eigne Legende
Von vor Kriegen oder Beerdigungen, trotz Hunden und Raubzeugstangen;
Zieht keine Wurzeln wie der Dachs. Wandert, schreit;
Galoppiert Land entlang, zu dem er nicht mehr gehört;
Taucht einschmelzend wieder ins Wasser.

Weder vom Wasser noch vom Land. Sucht nach
Irgendeiner beim ersten Tauchen verlorenen Welt, die er nimmer erreicht,
Nimmt den verwandelten Körper mit in die Löcher der Seen;
Wie blind teilt er die Strömung, bis er
Die Steinchen leckt an der Quelle; von Meer

Zu Meer wechselt er in drei Nächten
Wie ein König auf der Flucht. Schreit zur alten Gestalt des sternerleuchteten Landes,
Über versunkne Gehöfte, wo Fledermäuse kreisen,
Ohne Antwort. Bis Licht und Vogellied
Mit dem Milchwagen die Landstraße hochpoltern.

II

Die Jagd hat ihn verloren. Pfoten im Schlamm,
Zwischen Ried, Nüstern Perltropfen auf dem Wasserspiegel,
Verharrt der Otter, stundenlang. Die Luft
Umkreist den Erdball, verdorben, doch notwendig,

Mingling tobacco-smoke, hounds and parsley,
Comes carefully to the sunk lungs.
So the self under the eye lies,
Attendant and withdrawn. The otter belongs

In double robbery and concealment –
From water that nourishes and drowns, and from land
That gave him his length and the mouth of the hound.
He keeps fat in the limpid integument

Reflections live on. The heart beats thick,
Big trout muscle out of the dead cold;
Blood is the belly of logic; he will lick
The fishbone bare. And can take stolen hold

On a bitch otter in a field full
Of nervous horses, but linger nowhere.
Yanked above hounds, reverts to nothing at all,
To this long pelt over the back of a chair.

Vermischt mit Tabakrauch, Hund und Petersilie,
Dringt behutsam in die eingesunkenen Lungen.
So liegt sein Selbst unter den Lidern,
Gegenwärtig und zurückgezogen. Der Otter gehört

Zweifach dem Sichverbergen und Rauben –
Zum Wasser, das ernährt und ertränkt, zum Land,
Das ihm seine Länge gab und die Hundeschnauze.
Feist bleibt er in der klaren Deckhaut,

Von der Reflexionen leben. Dick schlägt sein Herz,
Schwerer Forellenmuskel aus tiefer Kälte;
Blut ist der Logik Bauch; er wird
Den Fischknochen blanklecken. Und kann verstohlen

Eine Otterin festhalten inmitten eines Felds voll
Nervöser Pferde, doch nirgends verweilen.
Über Hunde emporgerissen, fällt er zurück in rein gar nichts:
In dies lange Fell über der Rückenlehne eines Stuhls.

Witches

Once was every woman the witch
To ride a weed the ragwort road:
Devil to do whatever she would:
Each rosebud, every old bitch.

Did they bargain their bodies or no?
Proprietary the devil that
Went horsing on their every thought
When they scowled the strong and lucky low.

Dancing in Ireland nightly, gone
To Norway (the ploughboy bridled),
Nightlong under the blackamoor spraddled,
Back beside their spouse by dawn

As if they had dreamed all. Did they dream it?
Oh, our science says they did.
It was all wishfully dreamed in bed.
Small psychology would unseam it.

Bitches still sulk, rosebuds blow,
And we are devilled. And though these weep
Over our harms, who's to know
Where their feet dance while their heads sleep?

Hexen

Mal die Hexe in jede Frau fuhr
Ein Krautlang zu reiten den Kreuzwurzweg:
Den Teufel tut sie, was immer sie mag:
Jede Rosenknospe, jedwede alte Hur.

Verkauften ihr Fleisch sie – ja oder nein?
Teufelsbesitz, was
Einen jeden ihrer Gedanken deckte,
Da finsterten Starke und Schöne sie klein.

In Irland beim nächtlichen Tanz, norwegen-
wärts (den Pflugjungen gezäumt),
Nächtelang unterm Schwarzen gespreizt,
Im Grauen wieder beim Gatten gelegen,

Als wär alles ihr Traum. War es ihr Traum?
Oh, unsre Wissenschaft weiß es für Traum.
Mutwillig alles geträumt im Bett.
Seelchenkunst nur löst es als Saum.

Noch maulen die Hurn, Rose wird loh.
Wir sind des Teufels. Wie auch diese betun
Unser Wehleid, wer weiß denn, wo
Ihre Füße tanzen, derweil ihre Köpfe ruhn?

Pike

Pike, three inches long, perfect
Pike in all parts, green tigering the gold.
Killers from the egg: the malevolent aged grin.
They dance on the surface among the flies.

Or move, stunned by their own grandeur
Over a bed of emerald, silhouette
Of submarine delicacy and horror.
A hundred feet long in their world.

In ponds, under the heat-struck lily pads –
Gloom of their stillness:
Logged on last year's black leaves, watching upwards.
Or hung in an amber cavern of weeds

The jaws' hooked clamp and fangs
Not to be changed at this date;
A life subdued to its instrument;
The gills kneading quietly, and the pectorals.

Three we kept behind glass,
Jungled in weed: three inches, four,
And four and a half: fed fry to them –
Suddenly there were two. Finally one.

With a sag belly and the grin it was born with.
And indeed they spare nobody.
Two, six pounds each, over two feet long,
High and dry and dead in the willow-herb –

One jammed past its gills down the other's gullet:
The outside eye stared: as a vice locks –
The same iron in this eye
Though its film shrank in death.

Hechte

Hechte, drei Zoll lange perfekte
Piken in jeder Hinsicht, grün getigertes Gold.
Killer vom Ei an: das bösartige, altgewordene Grinsen.
Auf der Oberfläche tanzen sie unter den Fliegen.

Oder ziehen, hingerissen von ihrer eigenen Grandezza,
Über ein Bett aus Smaragd, Silhouette
Von unterseeischer Feinheit und Schrecknis.
Hundert Fuß lang in ihrer Welt.

In Teichen, unter den hitzematten Seerosenkissen –
Düsterkeit ihrer Stille:
Träg auf schwarzen Blättern vom Vorjahr, lauern sie nach oben.
Oder hängen in einer Bernsteinhöhle aus Wassergras.

Die Kiefer, hakenförmige Klammern und Reißzähne,
Sind unverändert bis heut;
Das Leben seinen Mitteln unterworfen;
Die Kiemen arbeiten ruhig, grad so die Brustflossen.

Drei hielten wir hinter Glas,
Gedschungelt in Wassergras: drei Zoll, vier,
Und vierundeinhalb: fütterten sie mit Fischbrut –
Plötzlich waren da zwei. Zuletzt einer.

Mit einem Hängebauch und dem angeborenen Grinsen.
Tatsächlich schonen sie keinen.
Zwei, sechs Pfund jeder, über zwei Fuß lang,
Aufs Trockene gespült und tot im Weidenkraut –

Einer bis über die Kiemen in den Rachen des anderen gequetscht:
Das äußere Auge starrte: so zwingt ein Schraubstock –
Dasselbe Eisen in diesem Auge,
Obwohl das Lid geschrumpft war im Tod.

A pond I fished, fifty yards across,
Whose lilies and muscular tench
Had outlasted every visible stone
Of the monastery that planted them –

Stilled legendary depth:
It was as deep as England. It held
Pike too immense to stir, so immense and old
That past nightfall I dared not cast

But silently cast and fished
With the hair frozen on my head
For what might move, for what eye might move.
The still splashes on the dark pond,

Owls hushing the floating woods
Frail on my ear against the dream
Darkness beneath night's darkness had freed,
That rose slowly towards me, watching.

In einem Teich fischte ich, von fünfzig Yards Durchmesser:
Überdauert hatten darin Seerosen und die muskulösen Schleie
Jeden noch sichtbaren Stein
Der Abtei, die sie eingesetzt hatte –

Stillgelegte legendäre Tiefe:
Tief war er wie England. Es gab
Hechte darin, zu gewaltig, sie aufzustören, so gewaltig und alt,
Daß ich nach Einbruch der Nacht nicht auszuwerfen wagte,

Doch heimlich auswarf und fischte
Mit gesträubtem Haupthaar, schaudernd vor dem,
Was sich regen könnte, vor dem Aug, das sich regen könnte.
Die Stille plätschert auf dem dunklen Teich,

Eulen lullen die schwimmenden Wälder ein
Schwach an mein Ohr gegen den Traum,
Den Dunkel tiefer als Nachtdunkel befreit:
Langsam erhob er sich gegen mich: starrend.

Cleopatra to the Asp

The bright mirror I braved: the devil in it
Loved me like my soul, my soul:
Now that I seek myself in a serpent
My smile is fatal.

Nile moves in me; my thighs splay
Into the squalled Mediterranean;
My brain hides in that Abyssinia
Lost armies foundered towards.

Desert and river unwrinkle again.
Seeming to bring them the waters that make drunk
Caesar, Pompey, Antony I drank.
Now let the snake reign.

A half-deity out of Capricorn,
This rigid Augustus mounts
With his sword virginal indeed; and has shorn
Summarily the moon-horned river

From my bed. May the moon
Ruin him with virginity! Drink me, now, whole
With coiled Egypt's past; then from my delta
Swim like a fish toward Rome.

Kleopatra zur Uräusschlange

Dem hellen Spiegel bot ich Stirn: der Teufel drin
Liebte mich wie meine Seele, meine Seele:
Nun ich mich selbst in einer Schlange such,
Bringt mein Lächeln Tod.

Nil fließt in mir, meine Schenkel spreizen sich
Ins aufgewühlte Mittelmeer;
Mein Hirn birgt sich in diesem Abyssinien,
Dem verlorne Armeen zuscheitern.

Wüste und Fluß glätten sich wieder.
Wasser, die trunken machen, schien ich ihnen zu bringen,
Und trank doch Cäsar, Pompejus, Antonius.
Laß nun die Schlange regieren.

Eine Halbgottheit jenseits des Steinbocks,
Steigt dieser unbeugsame Augustus auf
Mit seinem Schwert, gewiß unberührt; getrennt
Hat er kurzerhand den mondhörnigen Fluß

Von meinem Bett. Mag der Mond
Ihn vernichten mit Unfruchtbarkeit! Trink mich, jetzt, ganz
Mit Ägyptens verwundner Vergangenheit; dann von meinem Delta
Schwimm fort wie ein Fisch nach Rom.

Tutorial

Like a propped skull,
His humour is mediaeval.

What are all those tomes? Tomb-boards
Pressing the drying remains of men.
He brings some out, we stew them up to a dark amber and sit sipping.

He is fat, this burst bearskin, but his mind is an electric mantis
Plucking the heads and legs off words, the homunculi.
I am thin but I can hardly move my bulk, I go round and round numbly under the ic
of the North Pole.

This scholar dribbling tea
Onto his tie, straining pipe-gargle
Through the wharf-weed that ennobles

The mask of enquiry, advancing into the depths like a harbour,
Like a sphinx cliff,
Like the papery skull of a fish

Lodged in dune sand, with a few straws,
Rifled by dry cold.
His words

Twitch and rustle, twitch
And rustle.
The scarred world looks through their gaps.

I listen
With bleak eyeholes.

Lehrstunde

Wie ein aufgepfählter Totenkopf,
Sein Humor ist mittelalterlich.

Was sind all diese Wälzer? Grab-Borde,
Die pressen trocknende Menschenreste.
Er nimmt einige heraus, wir kochen sie auf zu einem dunklen Ambra, sitzen und schlürfen.

Er ist fett, diese pralle Bärenhaut, aber sein Geist ist eine elektrische Gottesanbeterin
Und pflückt die Köpfe und Beine von Wörtern, den Homunculi.
Ich bin dünn, aber ich kann kaum meinen Körper bewegen, ich dreh mich im Kreis, starr unterm Eis des Nordpols.

Dieser Gelehrte tröpfelt Tee
Auf seinen Schlips, zieht Pfeifenschmurgel
Durch den Dockknaster, der

Die Maske von Forschung adelt, die in Tiefen vorstößt wie ein Hafen,
Wie eine Sphinx-Klippe,
Wie der Papierschädel eines Fischs,

Der im Dünensand haust, mit ein paar Halmen,
Ausgeplündert von trockner Kälte.
Seine Worte

Zucken und rascheln, zucken
Und rascheln.
Die narbige Welt schaut durch ihre Lücken.

Ich lausche
Mit trüben Augenhöhlen.

Trees

I whispered to the holly...
There was a rustle of answer – dark,
Dark, dark, a gleamer recoiling tensely backward
Into a closing nest of shattered weapons,
Like a squid into clouds of protection.
I plucked a spiny leaf. Nothing protested.
Glints twitched, watched me.

I whispered to the birch...
My breath crept up into a world of shudderings.
Was she veiled?
Herself her own fountain
She pretended to be absent from it, or to be becoming air
Filtering herself from her fingertips,
Till her bole paled, like a reflection on water,
And I felt the touch of my own ghostliness –

I moved on, looking neither way,
Trying to hear
The outcry that must go with all
Those upflung maidenly gestures, that arrested humpback rout
Stumbling in blackberries and bracken –

Silence.

Trees, it is your own strangeness, in the dank wood,
Makes me so horrifying
I dare not hear my own footfall.

Bäume

Ich raunte der Stechpalme zu ...
Da war ein Antwortrascheln – dunkel,
Dunkel, dunkel, ein Schimmer, der sich gespannt zurückzog
In ein sich schließendes Nest zerbrochener Waffen,
Wie ein Tintenfisch in seine Schutzwolken.
Ich pflückte ein stachliges Blatt. Nichts lehnte sich auf.
Glimmer zuckten, beobachteten mich.

Ich raunte der Birke zu ...
Mein Atem kroch hoch in eine Welt der Schauder.
War sie verschleiert?
Sie selbst ihr eigener Brunnen,
Gab sie vor, nicht da zu sein, oder werdende Luft,
Die sich selbst klärt mit ihren Fingerspitzen,
Bis ihr Stamm blaß wurde wie eine Wasserspiegelung
Und ich den Hauch fühlte meiner eigenen Geisterhaftigkeit –

Ich ging weiter, schaute nach keinem Weg,
Zu hören versuchte ich
Den Aufschrei, der kommen mußte bei all
Jenen hochgeworfenen, jungfräulichen Gebärden, dieser arretierten Buckelrotte,
Die in Brombeeren und Adlerfarn stolperte –

Stille.

Bäume, es ist eure eigene Absonderlichkeit im naßkalten Wald,
Die mich so erschreckend macht,
Daß ich nicht wage, meinen eigenen Fußtritt zu hören.

The Lake

Better disguised than the leaf-insect,

A sort of subtler armadillo,
The lake turns with me as I walk.

Snuffles at my feet for what I might drop or kick up,
Sucks and slobbers the stones, snorts through its lips

Into broken glass, smacks its chops.
It has eaten several my size

Without developing a preference –
Prompt, with a splash, to whatever I offer.

It ruffles in its wallow, or lies sunning,
Digesting old senseless bicycles

And a few shoes. The fish down there
Do not know they have been swallowed

Any more than the girl out there, who over the stern of a rowboat
Tests its depth with her reflection.

Yet how the outlet fears it!

                                        – dragging it out,
Black and yellow, a maniac eel,

Battering it to death with sticks and stones.

Der See

Besser getarnt als das Blatt-Insekt,

Eine Art feineres Armadill,
Wendet sich der See mit mir, während ich gehe.

Schnüffelt an meinen Füßen nach dem, was ich wohl hinwerfen oder lostreten
  könnte,
Saugt und schlabbert an den Steinen, schnauft durch seine Lippen

In zerbrochenes Glas, schmatzt mit seinen Kinnbacken.
Schon ein paar Mal hat er mich in voller Größe verspeist,

Ohne eine Vorliebe zu entwickeln –
Prompt, mit einem Platsch, nimmt er, was ich so biete.

Er kräuselt sich in seiner Suhle oder liegt in der Sonne,
Verdaut alte, sinnlose Fahrräder

Und ein paar Schuhe. Die Fische da unten
Wissen nicht, daß sie verschluckt wurden,

Genausowenig wie die Frau da draußen, die vom Heck eines Ruderboots
Mit ihrer Spiegelung die Tiefe des Sees lotet.

Aber wie der Abfluß ihn fürchtet!

                                        – er zieht ihn hinaus,
Schwarz und gelb, ein wahnsinniger Aal,

Schlägt ihn tot mit Stöcken und Steinen.

Small Events

The old man's blood had spoken the word: ›Enough.‹
Now nobody had the heart to see him go on.
His photographs were a cold mercy, there on the mantel.
So his mouth became a buttonhole and his limbs became wrapped iron.

Towards dying his eyes looked just above the things he looked at.
They were the poor rearguard on the beach
And turned, watering, with all his hope, from the smoke
To the sea for the Saviour

Who is useful only in life.

So, under a tree a tree-creeper, on dead grass sleeping –
It was blind, its eyes matt as blood-lice
Feeding on a raw face of disease.
I set it on dry grass, and its head fell forward, it died

Into what must have cupped it kindly.

And a grey, aged mouse, humped shivering
On the bare path, under November drizzle –
A frail parcel, delivered in damaging mail and still unclaimed,
Its contents no longer of use to anybody.

I picked it up. It was looking neither outward nor inward.
The tremendous music of its atoms
Trembled it on my fingers. As I watched it, it died.
A grey, mangy mouse, and seamed with ancient scars,

Whose blood had said: ›Sleep.‹

Kleine Ereignisse

Das Blut des alten Mannes hatte das Wort gesprochen: ›Genug.‹
Da hatte niemand mehr den Mut, ihm weiter zuzusehen.
Seine Fotos waren kaltes Mitleid auf dem Sims.
So wurden sein Mund zum Knopfloch und seine Glieder zu verpacktem Eisen.

Dem Sterben zugewandt schauten seine Augen so grad über die Dinge, die er anschaute.
Sie waren die armselige Nachhut am Strand
Und wandten sich wässernd, mit all seiner Hoffnung, vom Rauch weg
Der See zu nach dem Heiland,

Der nur nützlich ist im Leben.

Ebenso unter einem Baum ein Baumkriecher, schlafend auf totem Gras –
Blind war er, seine Augen matt wie Blutläuse,
Die sich auf dem wunden Gesicht einer Krankheit nähren.
Ich setzte ihn auf trockenes Gras, sein Kopf fiel nach vorn, und er starb

In das hinein, was ihn gütig umfaßt haben mußte.

Und eine graue, alte Maus humpelte zitternd
Auf dem bloßen Pfad im Novemberniesel –
Ein zerbrechliches Paket, als beschädigte Postsendung geliefert und immer noch nicht abgeholt,
Sein Inhalt keinem mehr nützlich.

Ich hob sie auf. Sie schaute weder nach innen noch nach außen.
Die ungeheure Musik ihrer Atome
Zitterten sie auf meinen Fingern. Als ich sie beobachtete, starb sie.
Eine graue, räudige Maus, übersät mit alten Narben,

Deren Blut gesagt hatte: ›Schlaf.‹

So this year a swift's embryo, cracked too early from its fallen egg –
There, among mineral fragments,
The blind blood stirred,
Freed,

And, mystified, sank into hopeful sleep.

Ebenso in diesem Jahr: ein Mauerseglerembryo, zu früh aus seinem herabgefallenen
Ei gebrochen –
Da, zwischen Mineralfragmenten,
Rührte sich das blinde Blut,
Befreit,

Und sank verwirrt in hoffnungsvollen Schlaf.

Thistles

Against the rubber tongues of cows and the hoeing hands of men
Thistles spike the summer air
Or crackle open under a blue-black pressure.

Every one a revengeful burst
Of resurrection, a grasped fistful
Of splintered weapons and Icelandic frost thrust up

From the underground stain of a decayed Viking.
They are like pale hair and the gutturals of dialects.
Every one manages a plume of blood.

Then they grow grey, like men.
Mown down, it is a feud. Their sons appear,
Stiff with weapons, fighting back over the same ground.

Disteln

Gegen die Gummizungen der Kühe und die hackenden Hände der Männer
Spießen Disteln die Sommerluft
Oder brechen knisternd auf unter einem blauschwarzen Druck.

Jede ein rächender Ausbruch
Der Wiederauferstehung, eine geballte Faustvoll
Gesplitterter Waffen und isländischen Frosts, aufgeworfen

Von der unterirdischen Spur eines verwesten Wikingers.
Sie sind wie bleiches Haar und die Gutturale von Mundarten.
Jede schafft eine Feder Blut.

Dann werden sie grau, wie Männer.
Niedergemäht, es ist eine Fehde. Ihre Söhne kommen hoch,
Starr vor Waffen, schlagen zurück überm selben Boden.

Still Life

Outcrop stone is miserly

With the wind. Hoarding its nothings,
Letting wind run through its fingers,
It pretends to be dead of lack.
Even its grimace is empty,
Warted with quartz pebbles from the sea's womb.

It thinks it pays no rent,
Expansive in the sun's summerly reckoning.
Under rain, it gleams exultation blackly
As if receiving interest.
Similarly, it bears the snow well.

Wakeful and missing little and landmarking
The fly-like dance of the planets,
The landscape moving in sleep,
It expects to be in at the finish.
Being ignorant of this other, this harebell,

That trembles, as under threats of death,
In the summer turf's heat-rise,
And in which – filling veins
Any known name of blue would bruise
Out of existence – sleeps, recovering,

The maker of the sea.

Stilleben

Offenliegender Stein ist knickrig

Mit dem Wind. Hortet seine Nichtigkeiten,
Läßt den Wind durch seine Finger rinnen,
Gibt vor, an Mangel gestorben zu sein.
Sogar seine Fratze ist leer,
Verwarzt von Quarzkieseln aus dem Leib der See.

Er denkt, es zahlt sich nicht aus,
Sich breit zu machen für die sommerliche Abrechnung der Sonne.
Im Regen schimmert er schwärzlich Triumph,
Als ob er Zinsen bekäme.
Gleichermaßen gut erträgt er den Schnee.

Wachsam ist er, vermißt wenig und markiert den Wendepunkt
Des fliegenhaften Planetentanzes,
Im Schlaf bewegt er die Landschaft,
Und erwartet, am Ziel mit dabei zu sein.
Weiß nichts von dieser anderen, dieser Glockenblume,

Die wie unter Todesdrohungen zittert
In den Hitzewellen des Sommerrasens,
In ihren Adern schläft – sie bläuend, daß ein jedes Wort,
Ihr Blau benennend, sie zersprengen würde
In Nichts – schläft und gewinnt neue Kraft

Der Schöpfer der See.

Fern

Here is the fern's frond, unfurling a gesture,
Like a conductor whose music will now be pause
And the one note of silence
To which the whole earth dances gravely.

The mouse's ear unfurls its trust,
The spider takes up her bequest,
And the retina
Reins the creation with a bridle of water.

And, among them, the fern
Dances gravely, like the plume
Of a warrior returning, under the low hills,

Into his own kingdom.

Farn

Hier der Farnwedel entrollt eine Geste
Wie ein Dirigent, dessen Musik nun Pause wird
Und die eine Weise der Stille,
Zu der die ganze Erde feierlich tanzt.

Das Mausohr entrollt seine Zuversicht,
Die Spinne nimmt ihr Vermächtnis auf,
Und die Netzhaut
Zügelt die Schöpfung mit einem Zaum aus Wasser.

Und zwischen ihnen tanzt der Farn
Feierlich, wie der Federbusch
Eines Kriegers, der heimkehrt unter die niedrigen Hügel

In sein eigenes Königreich.

The Green Wolf

My neighbour moves less and less, attempts less.
If his right hand still moves, it is a farewell
Already days posthumous.

But the left hand seems to freeze,
And the left leg with its crude plumbing,
And the left half jaw and the left eyelid and the words all the huge cries

Frozen in his brain his tongue cannot unfreeze –
While somewhere through a dark heaven
The dark bloodclot moves in.

I watch it approaching but I cannot fear it.
The punctual evening star,
Worse, the warm hawthorn blossoms, their foam,

Their palls of deathly perfume,
Worst of all the beanflower
Badged with jet like the ear of the tiger

Unmake and remake me. That star
And that flower and that flower
And living mouth and living mouth all

One smouldering annihilation
Of old brains, old bowels, old bodies
In the scarves of dew, the wet hair of nightfall.

Der grüne Wolf

Mein Nachbar bewegt sich immer weniger, wagt sich kaum noch an etwas heran.
Wenn sich seine rechte Hand noch bewegt, ist es ein Lebwohl.
Schon posthume Tage.

Aber die linke Hand scheint zu gefrieren,
Und sein linkes Bein mit dieser rohen Klempnerarbeit
Und die linke Kinnladenhälfte und das linke Augenlid und die Wörter, all die
gewaltigen Schreie,

Gefroren in seinem Hirn, seine Zunge kann sie nicht mehr tauen –
Während irgendwo durch einen dunklen Himmel
Der dunkle Blutklumpen hereinkommt.

Ich seh ihn kommen, aber ich kann ihn nicht fürchten.
Der pünktliche Abendstern,
Schlimmer noch, die warmen Ahornblüten, ihr Schaum,

Ihre Wolken tödlichen Dufts,
Am schlimmsten von allen die Bohnenblüte,
Mit Jett gezeichnet wie das Ohr des Tigers,

Vernichten und errichten mich wieder. Jener Stern
Und diese Blume und jene Blume
Und lebendiger Mund und lebendiger Mund, überhaupt alles

Eine einzige schwelende Verneinung
Von alten Gehirnen, altem Gedärm, alten Körpern
In den Tüchern von Tau, dem nassen Haar einfallender Nacht.

The Bear

In the huge, wide-open, sleeping eye of the mountain
The bear is the gleam in the pupil
Ready to awake
And instantly focus.

The bear is glueing
Beginning to end
With glue from people's bones
In his sleep.

The bear is digging
In his sleep
Through the wall of the Universe
With a man's femur.

The bear is a well
Too deep to glitter
Where your shout
Is being digested.

The bear is a river
Where people bending to drink
See their dead selves.

The bear sleeps
In a kingdom of walls
In a web of rivers.

He is the ferryman
To dead land.

His price is everything.

Der Bär

Im riesenhaften, weit offenen, schlafenden Auge des Berges
Ist der Bär der Schimmer in der Pupille
Bereit zu erwachen
Und sofort scharf zu sehen.

Der Bär leimt
Anfang an Ende
Mit Leim aus Menschenknochen
In seinem Schlaf.

Der Bär gräbt sich
In seinem Schlaf
Durch die Mauer des Universums
Mit dem Femur eines Mannes.

Der Bär ist ein Brunnen
Zu tief zu funkeln
Wo dein Schrei
Eben verdaut wird.

Der Bär ist ein Fluß
In den Menschen sich zum Trinken beugen
Und ihr totes Selbst sehen.

Der Bär schläft
In einem Königreich von Mauern
In einem Netz von Flüssen.

Er ist der Fährmann
Zu totem Land.

Sein Preis ist alles.

Scapegoats and Rabies

I A Haunting

Soldiers are marching singing down the lane

They get their abandon
From the fixed eyes of girls, from their own
Armed anonymity
And from having finally paid up
All life might demand. They get
Their heroic loom
From the statue stare of old women,
From the trembling chins of old men,
From the napes and bow legs of toddlers,
From the absolute steel
Of their automatic rifles, and the lizard spread
Of their own fingers, and from their bird stride.
They get their facelessness
From the blank, deep meadows and the muddling streams
And the hill's eyeless outlook,
The babel of gravestones, the mouldering
Of letters and citations
On rubbish dumps. They get the drumming engine
Of their boots
From their hearts,
From their eyeless, earless hearts,
Their brainless hearts. And their bravery
From the dead millions of ghosts
Marching in their boots, cumbering their bodies,
Staring from under their brows, concentrating
Toward a repeat performance. And their hopelessness
From the millions of the future
Marching in their boots, blindfold and riddled,
Rotten heads on their singing shoulders,

Sündenböcke und Tollwut

I Ein Spuk

Soldaten marschieren singend die Gasse hinunter

Sie bekommen ihren Abschied
Von den unverwandten Blicken der Mädchen, von ihrer eigenen
Bewaffneten Namenlosigkeit,
Davon, daß sie voll bezahlt haben,
Was immer das Leben noch fordern könnte. Sie kriegen
Ihren heroischen Anstrich
Vom Statuenstarrblick alter Frauen,
Von den zitternden Kinnbacken alter Männer,
Von den Nacken und krummen Beinen der kleinen Kinder,
Vom kategorischen Stahl
Ihrer Automatikgewehre und vom eidechsigen Spreizgriff
Ihrer eigenen Finger und von ihrem Vogelschritt.
Sie kriegen ihre Gesichtslosigkeit
Von den leeren, tiefen Wiesen und den sich trübenden Strömen
Und der blinden Aussicht des Hügels,
Dem Babel aus Grabsteinen, dem Modern
Von Lettern und Zitaten
Auf Müllhalden. Sie kriegen den trommelnden Motor
Ihrer Stiefel
Von ihren Herzen,
Ihren augenlosen, ohrlosen Herzen,
Ihren hirnlosen Herzen. Und ihre Tapferkeit
Von den toten Millionen Gespenstern,
Die in ihren Stiefeln marschieren, ihre Körper belasten,
Hervorstarren unter ihrer Stirn, sich konzentrieren
Auf eine Repetier-Vorstellung. Und ihre Hoffnungslosigkeit
Von den Millionen der Zukunft,
Die in ihren Stiefeln marschieren, blindlings und durchsiebt,
Verrottete Köpfe auf ihren singenden Schultern,

The blown-off right hand swinging to the stride
Of the stump-scorched and blown-off legs
Helpless in the terrible engine of the boots.

The soldiers go singing down the deep lane
Wraiths into the bombardment of afternoon sunlight,
Whelmed under the flashing onslaught of the barley,
Strangled in the drift of honeysuckle.

Their bodiless voices rally on the slope and again
In the far woods

Then settle like dust
Under the ancient burden of the hill.

II The Mascot

Somewhere behind the lines, over the map,
The General's face hangs in the dark, like a lantern.

Every shell that bursts
Blows it momentarily out, and he has to light it.

Every bullet that bangs off
Goes in at one of his ears and out at the other.

Every attack every rout
Storms through that face, like a flood through a footbridge.

Every new-dead ghost
Comes to that worn-out blood for its death-ration.

Every remotest curse, weighted with a bloodclot,
Enters that ear like a blowfly.

Die abgerissene rechte Hand schwingend zum Schritt
Der zum Stumpf verbrannten und abgerissenen Beine,
Hilflos im schrecklichen Motor der Stiefel.

Die Soldaten gehen singend die tiefe Gasse hinunter,
Geistererscheinungen ins Bombardement von Nachmittagssonnenlicht,
Überwältigt vom blitzartigen Ansturm der Gerste,
Erdrosselt im Treiben des Jelängerjelieber.

Ihre körperlosen Stimmen scharen sich an der Böschung und wieder
In den fernen Wäldern

Dann lassen sie sich nieder wie Staub
Unter der uralten Bürde des Hügels.

II Der Talisman

Irgendwo hinter den Linien, über der Landkarte,
Hängt das Gesicht des Generals im Dunkel wie eine Laterne.

Jede Granate, die explodiert,
Bläst sie vorübergehend aus, und er muß sie neu anzünden.

Jede Patrone, die losgeht,
Geht in eins seiner Ohren rein und zum andern raus.

Jeder Angriff, jeder Rückzug
Stürmt über dies Gesicht wie eine Flut über eine Behelfsbrücke.

Jedes frischtote Gespenst
Kommt zu diesem todmüden Blut um seine Ration Tod.

Jeder noch so weit entfernte Fluch, beschwert mit einem Blutklumpen,
Dringt in dieses Ohr ein wie eine Schmeißfliege.

Knives, forks, spoons divide his brains.
The supporting earth, and the night around him,

Smoulder like the slow, curing fire
Of a Javanese head-shrinker.

Nothing remains of the *tête d'armée* but the skin –
A dangling parchment lantern

Slowly revolving to right, revolving to left,

Trembling a little with the incessant pounding,

Over the map, empty in the ring of light.

III Wit's End

The General commits his emptiness to God.

And in place of his eyes
Crystal balls
Roll with visions.

And his voice rises
From the dead fragments of men

A Frankenstein
A tank
A ghost
Roaming the impossible
Raising the hair on men's heads.

His hand
Has swept the battlefield flat as a sheet of foolscap.

Messer, Gabel, Löffel zerteilen sein Hirn.
Die nährende Erde und die Nacht um ihn

Schwelen langsam wie das Räucherfeuer
Eines javanesischen Kopf-Schrumpfers.

Nichts bleibt von der *tête d'armée* außer der Haut –
Eine baumelnde Pergamentlaterne.

Dreht sich langsam nach rechts, dreht sich nach links,

Zittert ein bißchen vom unablässigen Trommelfeuer

Über der Landkarte, leer im Lichtkreis.

III Ende der Weisheit

Der General bekennt seine Leere vor Gott.

Und an Stelle seiner Augen
Rollen Kristallkugeln
Mit Visionen.

Und seine Stimme erhebt
Aus den toten Überresten von Männern

Einen Frankenstein
Einen Panzerwagen
Ein Gespenst
Die durchstreifen das Unmögliche
Sträuben das Haar auf Männerköpfen.

Seine Hand
Hat das Schlachtfeld glattgestrichen wie einen Bogen Propatriapapier.

He writes:

I AM A LANTERN
IN THE HAND
OF A BLIND PEOPLE

IV Two Minutes' Silence

The soldier's boots, beautifully bulled,
Are graves
On the assembly line
Rolls Royces
Opera boxes
Double beds
Safes
With big smiles and laced-up eyes

His stockings
Are his own intestines
Cut into lengths –
They wear better and are
Nobody else's loss,
So he needn't charge diffidently

His battledress
Is Swanwhite's undies
Punch and Judy curtains
The Queen's pajamas
The Conjuror's hankie

The flapping sheet
Of the shithouse phantom

His helmet
Is a Ministry pisspot

Er schreibt:

ICH BIN EINE LATERNE
IN DER HAND
EINES BLINDEN VOLKES

IV Zwei Schweigeminuten

Die Stiefel des Soldaten, schön durchschossen
Sind Gräber
Auf dem Fließband
Rolls Royces
Opernlogen
Doppelbetten
Safes
Mit breitem Lächeln und zugeschnürten Augen

Seine Strümpfe
Sind seine eigenen Eingeweide
In Streifen geschnitten –
Sie tragen sich besser und
Sind kein Verlust,
So braucht er sie niemandem verlegen zu berechnen.

Sein Kampfanzug ist
Unterzeugs von Schwanenweiß
Kasperltheatervorhänge
Der Pyjama der Königin
Die Rotzfahne des Zauberers

Das flatternde Bettuch
Des Scheißhausphantoms

Sein Helm
Ist ein Ministeriumspißpott

His rifle
Is a Thames turd

And away downwind he runs, over no man's land,
In a shouting flight
From his own stink

Into the mushroom forest

Watched from the crowded walls.

V The Red Carpet

So the leaves trembled.

He leaned for a moment
Into the head-on leaden blast of ghost
From death's doorway
Then fell forward, under his equipment.
But though the jungle morass has gripped him to the knees
His outflung left hand clawed and got a hold
On Notting Hill
His brow banged hard down once then settled gently
Onto Hampstead Heath
The thumb of his twisted, smashed right hand
Settled in numb snugness
Across the great doorway of St Paul's
His lips oozed soft words and blood bubbles
Into the Chalk Farm railway cutting
Westminster knuckled his riddled chest
His belt-buckle broke Clapham
His knees his knees were dissolving in the ebb of the Channel
And there he lay alive
His body full of lights, the restaurants seethed,
He groaned in the pushing of traffic that would not end

Sein Gewehr
Ist ein Themsekack.

Und davon läuft er mit dem Wind, über Niemandsland
Auf einer wilden Flucht
Vor seinem eignen Gestank

In den Pilzwald

Beobachtet von den vollbesetzten Wällen.

V Der rote Teppich

Da zitterten die Blätter.

Er lehnte sich einen Moment
In die frontale Bleiexplosion des Gespenstes
Vorm Tor des Todes,
Fiel dann nach vorn unter seine Ausrüstung.
Aber obwohl der Dschungelmorast ihn bis zum Knie fest im Griff hatte,
Krallte sich seine ausgestreckte linke Hand und fand Halt
An Notting Hill,
Seine Stirn knallte einmal hart auf und ließ sich dann sanft nieder
Auf Hampstead Heath,
Der Daumen seiner verdrehten, zerschmetterten rechten Hand
Legte sich in gefühlloser Gemütlichkeit
Quer über den großen Eingang von St. Paul,
Von seinen Lippen sickerten sanfte Worte und Blutblasen
In den Eisenbahndurchstich von Chalk Farm,
Westminster knöchelte seine durchlöcherte Brust,
Seine Gürtelschnalle zerbrach Clapham,
Seine Knie seine Knie lösten sich auf in der Ebbe des Kanals,
Und da lag er lebendig,
Sein Körper voller Lichter, die Lokale brodelten,
Er stöhnte in den Ansturm des Verkehrs, der nie aufhört,

The girls strolled and their perfumes gargled in his throat
And in the holes in his chest
And though he could not lift his eyes to the streetlights
And though he could not stir either hand
He knew in that last stride, that last
Ten thousand league effort, and even off balance,
He had made it home. And he called –

Into mud.

Again the leaves trembled.

Splinters flew off Big Ben.

Die Mädchen bummelten, und ihre Parfüms gurgelten in seinem Hals
Und in den Löchern seiner Brust,
Und obwohl er seine Augen nicht zu den Straßenlichtern erheben konnte
Und obwohl er keine Hand rühren konnte,
Wußte er bei diesem letzten Schwung, dieser letzten
Zehntausend-Meilen-Anstrengung, obwohl er sogar aus dem Gleichgewicht geraten war,
Daß er es bis nach Hause geschafft hatte. Und er rief –

In den Schlamm.

Wieder zitterten die Blätter.

Splitter flogen von Big Ben.

Gog

I woke to a shout: ›I am Alpha and Omega.‹
Rocks and a few trees trembled
Deep in their own country.
I ran and an absence bounded beside me.

The dog's god is a scrap dropped from the table.
The mouse's saviour is a ripe wheat grain.
Hearing the Messiah cry
My mouth widens in adoration.

How fat are the lichens!
They cushion themselves on the silence.
The air wants for nothing.
The dust, too, is replete.

What was my error? My skull has sealed it out.
My great bones are massed in me.
They pound on the earth, my song excites them.
I do not look at the rocks and trees, I am frightened of what they see.

I listen to the song jarring my mouth
Where the skull-rooted teeth are in possession.
I am massive on earth. My feetbones beat on the earth
Over the sounds of motherly weeping …

Afterwards I drink at a pool quietly.
The horizon bears the rocks and trees away into twilight.
I lie down. I become darkness.

Darkness that all night sings and circles stamping.

Gog

Ich erwachte zu einem Ruf: ›Ich bin Alpha und Omega.‹
Felsen und ein paar Bäume zitterten
Tief in ihrem eigenen Land.
Ich rannte, und eine Abwesenheit grenzte neben mir her.

Der Gott des Hundes ist ein fallengelassener Brocken vom Tisch.
Der Heiland der Maus ist ein reifes Weizenkorn.
Höre ich den Schrei des Messias,
Weitet sich mein Mund vor Anbetung.

Wie fett die Flechten sind!
Sie polstern sich auf die Stille.
Die Luft verlangt nach nichts.
Auch der Staub ist gesättigt.

Was war mein Irrtum? Mein Schädel hat es ausgesiegelt.
Meine großen Knochen massig in mir.
Sie schlagen auf die Erde, mein Lied regt sie auf.
Ich schau nicht nach den Felsen und Bäumen, ich fürcht mich vor dem, was sie sehen.

Ich lausche dem Lied, das meinen Mund schnarrt,
Dem die im Schädel verwurzelten Zähne gehören.
Ich bin massiv auf der Erde. Meine Fußknochen schlagen auf die Erde
Über den Geräuschen mütterlichen Weinens ...

Danach trinke ich ruhig an einem Teich.
Der Horizont trägt die Felsen und Bäume fort ins Zwielicht.
Ich lege mich nieder. Ich werde Dunkelheit.

Dunkelheit, die nachthindurch singt und stampfend umgeht.

Song of a Rat

I The Rat's Dance

The rat is in the trap, it is in the trap,
And attacking heaven and earth with a mouthful of screeches like torn tin,

An effective gag.
When it stops screeching, it pants

And cannot think
›This has no face, it must be God‹ or

›No answer is also an answer.‹
Iron jaws, strong as the whole earth

Are stealing its backbone
For a crumpling of the Universe with screechings,

For supplanting every human brain inside its skull with a rat-body that knots and
unknots,
A rat that goes on screeching,

Trying to uproot itself into each escaping screech,
But its long fangs bar that exit –

The incisors bared to the night spaces, threatening the constellations,
The glitterers in the black, to keep off,

Keep their distance,
While it works this out.

The rat understands suddenly. It bows and is still,
With a little beseeching of blood on its nose-end.

Lied von der Ratte

I Die Ratte tanzt

Die Ratt ist in der Falle, klapp, die Falle hat die Ratt,
Die greift Himmel und Erde an mit einer Schnauzevoll Quietscher wie aufreißendes
Blech,

Das macht effektvoll mundtot.
Wenn sie aufhört zu quietschen, keucht sie

Und kann nicht denken
›Das hat kein Gesicht, das muß Gott sein‹ oder

›Keine Antwort ist auch eine Antwort‹.
Eisenkiefer, stark wie die ganze Erde,

Stehlen ihr das Rückgrat,
Um das Universum mit Quietschern zu schrumpfen,

Um jedes menschliche Hirn in seinem Schädel durch einen Rattenkörper zu
ersetzen, der sich knotet und entknotet,
Eine Ratte, die weiterquietscht,

Versucht, sich selbst auszureißen in jeden Quietscher, der entkommt,
Aber ihre langen Fänge sperren diesen Ausweg –

Die Schneidezähne, gebleckt wider die Nacht-Räume, bedrohen die Sternbilder,
Die Glitzerer im Schwarzen, sich rauszuhalten,

Abstand zu halten,
Während sie damit fertigwird.

Plötzlich versteht die Ratte. Sie beugt sich und ist still,
Mit einem kleinen Flehen Blut an ihrer Nasenspitze.

II The Rat's Vision

The rat hears the wind saying something in the straw
And the night-fields that have come up to the fence, leaning their silence,
The widowed land
With its trees that know how to cry

The rat sees the farm bulk of beam and stone
Wobbling like reflection on water.
The wind is pushing from the gulf
Through the old barbed wire, in through the trenched gateway, past the gates of th
ear, deep into the worked design of days,

Breathes onto the solitary snow crystal

The rat screeches
And ›Do not go‹ cry the dandelions, from their heads of folly
And ›Do not go‹ cry the yard cinders, who have no future, only their infernal
aftermath
And ›Do not go‹ cries the cracked trough by the gate, fatalist of starlight and zer

›Stay‹ says the arrangement of stars

Forcing the rat's head down into godhead.

III The Rat's Flight

The heaven shudders, a flame unrolled like a whip,
And the stars jolt in their sockets.
And the sleep-souls of eggs
Wince under the shot of shadow –

That was the Shadow of the Rat
Crossing into power
Never to be buried

II Die Ratte schaut

Die Ratte hört den Wind etwas sagen im Stroh
Und die Nachtfelder, herangekommen zum Zaun, ihr Schweigen anlehnen,
Das verwitwete Land
Mit seinen Bäumen, die zu klagen wissen

Die Ratte sieht das Gehöft, eine Masse aus Balken und Stein,
Zittern wie Widerschein auf dem Wasser.
Der Wind drückt vom Golf herein
Durch den alten Stacheldraht, hinein durch die zerfurchte Toreinfahrt, hinter die Einfahrt des Ohrs, tief hinein in den ausgearbeiteten Plan der Tage,

Atmet auf den einsamen Schneekristall

Die Ratte quietscht,
Und ›Geh nicht‹ schrein die Löwenzähne aus ihren närrischen Köpfen,
Und ›Geh nicht‹ schreien die Aschen im Hof, die keine Zukunft haben, allein ihr höllisches Nachspiel,
Und ›Geh nicht‹ schreit der geplatzte Trog am Tor, der Schicksalsgläubige an Sternlicht und Nullpunkt

›Bleib‹ sagt die Anordnung der Sterne

Und schafft den Rattenkopf zum Haupterschöpfer.

III Die Ratte flieht

Der Himmel schaudert, eine Flamme entrollt gleich einer Peitsche,
Und die Sterne wackeln in ihren Fassungen.
Und die Schlafseelen der Eier
Zucken unterm Schattenschlag –

Das war der SCHATTEN der RATTE
Der hin kreuzte zur Macht,
Niemals begraben zu werden

The horned Shadow of the Rat
Casting here by the door
A bloody gift for the dogs

While it supplants Hell.

Der gehörnte SCHATTEN der RATTE,
Hin wirft er hier bei der Tür
Ein blutiges Gift für die Hunde

Während sie sich zur HÖLLE macht.

Heptonstall

Black village of gravestones.
Skull of an idiot
Whose dreams die back
Where they were born.

Skull of a sheep
Whose meat melts
Under its own rafters.
Only the flies leave it.

Skull of a bird,
The great geographies
Drained to sutures
Of cracked windowsills.

Life tries.

Death tries.

The stone tries.

Only the rain never tires.

Heptonstall

Schwarzes Dorf aus Grabsteinen.
Schädel eines Idioten
Dessen Träume dorthin zurück sterben
Wo sie geboren wurden.

Schädel eines Schafs
Dessen Fleisch schmilzt
Unter seinen eigenen Sparren.
Nur die Fliegen lassen es liegen.

Schädel eines Vogels
Die großen Geographien
Eingetrocknet zu Suturen
In geborstenen Fensterbänken.

Leben müht.

Tod müht.

Der Stein müht.

Nimmermüd nur der Regen.

Pibroch

The sea cries with its meaningless voice
Treating alike its dead and its living,
Probably bored with the appearance of heaven
After so many millions of nights without sleep,
Without purpose, without self-deception.

Stone likewise. A pebble is imprisoned
Like nothing in the Universe.
Created for black sleep. Or growing
Conscious of the sun's red spot occasionally,
Then dreaming it is the foetus of God.

Over the stone rushes the wind
Able to mingle with nothing,
Like the hearing of the blind stone itself.
Or turns, as if the stone's mind came feeling
A fantasy of directions.

Drinking the sea and eating the rock
A tree struggles to make leaves –
An old woman fallen from space
Unprepared for these conditions.
She hangs on, because her mind's gone completely.

Minute after minute, aeon after aeon,
Nothing lets up or develops.
And this is neither a bad variant nor a tryout.
This is where the staring angels go through.
This is where all the stars bow down.

Pibroch

Die See schreit, bedeutungslos ihre Stimme,
Behandelt gleich, was in ihr tot oder lebendig,
Gelangweilt vielleicht vom Anschein des Himmels
Nach soviel Nachtmillionen ohne Schlaf,
Ohne Absicht und Selbstbetrug.

Und so der Stein. Ein Kiesel ist gefangen
Wie Nichts im All.
Geschaffen für schwarzen Schlaf. Wird sich
Auch mal bewußt des roten Punkts von Sonne,
Und ihm träumt: das da ist Gottes Fötus.

Übern Stein rauscht der Wind,
Der kann sich vermischen mit Nichts,
Wie das Hören des blinden Steins selbst.
Oder wendet sich, als käme im Stein ein Gefühl auf:
Ein Wahn-Sinn für Richtungen.

Es trinkt die See, es ißt den Felsen
Ein Baum und macht mühselig Blätter daraus –
Eine alte Frau, gefallen aus dem All,
Unvorbereitet auf solche Gegebenheit.
Sie bleibt, vollkommen verlassen vom Verstand.

Minute um Minute, Äon um Äon
Läßt Nichts nach, entfaltet sich nicht.
Und weder ist dies hier eine schlechte Lesart noch eine Probe.
Hierdurch fliegen starrende Engel.
Hierhin beugen sich alle Sterne.

The Howling of Wolves

Is without world.

What are they dragging up and out on their long leashes of sound
That dissolve in the mid-air silence?

Then crying of a baby, in this forest of starving silences,
Brings the wolves running.
Tuning of a viola, in this forest delicate as an owl's ear,
Brings the wolves running – brings the steel traps clashing and slavering,
The steel furred to keep it from cracking in the cold,
The eyes that never learn how it has come about
That they must live like this,

That they must live

Innocence crept into minerals.

The wind sweeps through and the hunched wolf shivers.
It howls you cannot say whether out of agony or joy.

The earth is under its tongue,
A dead weight of darkness, trying to see through its eyes.
The wolf is living for the earth.
But the wolf is small, it comprehends little.

It goes to and fro, trailing its haunches and whimpering horribly.

It must feed its fur.

The night snows stars and the earth creaks.

Das Heulen der Wölfe

Hat keine Welt.

Was nur ziehn sie hoch und raus an ihren langen Leinen Laut,
Die sich auflösen in frei schwebende Stille?

Dann das Weinen eines Babies in diesem Wald hungernder Stillen,
Bringt die Wölfe zum Herlaufen.
Das Stimmen einer Viole, in diesem Wald so fein wie ein Eulenohr,
Bringt die Wölfe zum Herlaufen – bringt die Stahlfallen zum Rasseln und Geifern,
Den Stahl, pelzverbrämt, damit er nicht platzt in der Kälte,
Die Augen, die niemals wissen werden, wie es kommt,
Daß sie so leben müssen,

Daß sie leben müssen

Unschuld, verkrochen in Mineralien.

Der Wind fegt hindurch und dem buckligen Wolf schaudert.
Er heult, und niemand weiß: ists vor Pein oder Lust.

Die Erde liegt ihm unter der Zunge,
Eine schwere Last Dunkelheit: die versucht ihm durch die Augen zu sehn.
Der Wolf lebt für die Erde.
Doch der Wolf ist klein, er versteht wenig.

Er läuft hin und her, zieht seine Lenden nach und winselt schrecklich.

Er muß sein Fell ernähren.

Die Nacht schneit Sterne und die Erde knarrt.

Gnat-Psalm

When the gnats dance at evening
Scribbling on the air, sparring sparely,
Scrambling their crazy lexicon,
Shuffling their dumb Cabala,
Under leaf shadow

Leaves only leaves
Between them and the broad swipes of the sun
Leaves muffling the dusty stabs of the late sun
From their frail eyes and crepuscular temperaments

Dancing
Dancing
Writing on the air, rubbing out everything they write
Jerking their letters into knots, into tangles
Everybody everybody else's yoyo

Immense magnets fighting around a centre

Not writing and not fighting but singing
That the cycles of this Universe are no matter
That they are not afraid of the sun
That the one sun is too near
It blasts their song, which is of all the suns
That they are their own sun
Their own brimming over
At large in the nothing
Their wings blurring the blaze
Singing

That they are the nails
In the dancing hands and feet of the gnat-god
That they hear the wind suffering

Mücken-Psalm

Wenn die Mücken tanzen am Abend
Bekritzeln sie die Luft, boxen ein bißchen
Bringen ihr verrücktes Lexikon durcheinander
Mischen ihre dumpfe Kabbala
Unter Blätterschatten

Blätter nur Blätter
Zwischen sich und den breiten Einschlägen der Sonne
Blätter umhüllen die staubigen Stiche der späten Sonne
Vor ihren schwachen Augen und zwielichtigen Gemütern

Tanzen
Tanzen
Beschreiben die Luft, radieren alles aus, was sie schreiben
Reißen ihre Buchstaben zu Knoten, in Wirrwarr
Jede einer Jeden Jojo

Ungeheure Magneten, die um eine Mitte kämpfen

Schreiben nicht, kämpfen nicht, aber singen
Daß die Umdrehungen dieses Universums keine Bedeutung haben
Daß sie sich vor der Sonne nicht fürchten
Daß die eine Sonne zu nah ist
Die sprengt ihr Lied, das singt von allen Sonnen
Daß sie ihre eigene Sonne sind
Ihr eigenes Überlaufen
Planlos ins Nichts
Ihre Flügel verwischen das Strahlen
Singen

Daß sie die Nägel sind
In den tanzenden Händen und Füßen des Mückengotts
Daß sie den Wind leiden hören

Through the grass
And the evening tree suffering

The wind bowing with long cat-gut cries
And the long roads of dust
Dancing in the wind
The wind's dance, the death-dance, entering the mountain
And the cow dung villages huddling to dust

But not the gnats, their agility
Has outleaped that threshold
And hangs them a little above the claws of the grass
Dancing
Dancing
In the glove shadows of the sycamore

A dance never to be altered
A dance giving their bodies to be burned

And their mummy faces will never be used

Their little bearded faces
Weaving and bobbing on the nothing
Shaken in the air, shaken, shaken
And their feet dangling like the feet of victims

O little Hasids
Ridden to death by your own bodies
Riding your bodies to death
You are the angels of the only heaven!

And God is an Almighty Gnat!
You are the greatest of all the galaxies!
My hands fly in the air, they are follies
My tongue hangs up in the leaves
My thoughts have crept into crannies

Durch das Gras
Und den Abend-Baum leiden

Den Wind sich beugen mit Schreien lang wie Katzendarm
Und die langen Straßen aus Staub
Tanzen im Wind
Den Windtanz, den Todestanz, gehen ein in den Berg
Und die Kuhmistdörfer drängen sich zu Staub

Aber nicht so die Mücken, ihre Behendigkeit
Hat diese Schwelle übersprungen
Und hängt sie knapp über die Klauen des Grases, daß sie
Tanzen
Tanzen
In den Handschuhschatten der Sykomore

Ein Tanz, der sich nie wandelt
Ein Tanz, der ihre Körper dem Verbrennen übergibt

Und ihre Mumiengesichter werden nie verbraucht sein

Ihre kleinen, bärtigen Gesichter
Pendeln und tänzeln auf dem Nichts
Geschüttelt in der Luft, gerüttelt, geschüttelt
Und ihre Füße baumeln wie die Füße von Gehängten

O kleine Chassidim
Zu Tod geritten von euren eigenen Körpern
Reitet ihr eure Körper zu Tod
Ihr seid die Engel des einzigen Himmels!

Und Gott ist eine Allmächtige Mücke!
Ihr seid die größte aller Galaxien!
Meine Hände fliegen in die Luft, sie sind Narren
Meine Zunge hängt oben in den Blättern
Meine Gedanken haben sich in Ritzen verkrochen

Your dancing

Your dancing

Rolls my staring skull slowly away into outer space.

Euer Tanzen

Euer Tanzen

Kugelt meinen glotzenden Schädel langsam fort in den Weltraum.

Full Moon and Little Frieda

A cool small evening shrunk to a dog bark and the clank of a bucket –

And you listening.
A spider's web, tense for the dew's touch.
A pail lifted, still and brimming – mirror
To tempt a first star to a tremor.

Cows are going home in the lane there, looping the hedges with their warm wreaths of breath –
A dark river of blood, many boulders,
Balancing unspilled milk.

›Moon!‹ you cry suddenly, ›Moon! Moon!‹

The moon has stepped back like an artist gazing amazed at a work

That points at him amazed.

Vollmond und Klein Frieda

Ein kühler kleiner Abend hat sich zusammengezogen auf Hundegebell und aufs
Scheppern eines Eimers –

Und du lauschst.
Ein Spinnennetz, gespannt auf die Berührung des Taus.
Ein hochgehobener Behälter, reglos und überfließend – Spiegel,
Der einen ersten Stern zum Zittern verlockt.

Kühe gehen heim im Hohlweg dort, winden die Hecken mit den warmen Kränzen
ihres Atems –
Ein dunkler Fluß Blut, eine Menge Kopfsteine,
Balancieren noch unverschüttete Milch.

›Mond!‹ rufst du plötzlich, ›Mond! Mond!‹

Der Mond ist zurückgetreten wie ein Künstler, schaut erstaunt auf ein Werk,

Das erstaunt auf ihn zeigt.

That Moment

When the pistol muzzle oozing blue vapour
Was lifted away
Like a cigarette lifted from an ashtray

And the only face left in the world
Lay broken
Between hands that relaxed, being too late

And the trees closed forever
And the streets closed forever

And the body lay on the gravel
Of the abandoned world
Among abandoned utilities
Exposed to infinity forever

Crow had to start searching for something to eat.

In dem Augenblick

Als die Pistolenmündung mit dem aussickernden blauen Rauch
Weggenommen wurde
Wie eine Zigarette, die von einem Aschenbecher genommen wird

Und das einzige Gesicht, das es noch gab auf der Welt
Kaputt dalag
Zwischen Händen, die nachgaben, weil es allzu spät war

Und die Bäume für immer schlossen
Und die Straßen für immer schlossen

Und der Körper auf dem Kies
Der verlassenen Welt lag
Zwischen verlassenem nützlichen Kram
Für immer ausgesetzt der Unendlichkeit, da

Mußte Krähe sich aufmachen, etwas zu fressen zu suchen.

Crow Tyrannosaurus

Creation quaked voices –
It was a cortege
Of mourning and lament
Crow could hear and he looked around fearfully.

The swift's body fled past
Pulsating
With insects
And their anguish, all it had eaten.

The cat's body writhed
Gagging
A tunnel
Of incoming death-struggles, sorrow on sorrow.

And the dog was a bulging filterbag
Of all the deaths it had gulped for the flesh and the bones.
It could not digest their screeching finales.
Its shapeless cry was a blort of all those voices.

Even man he was a walking
Abattoir
Of innocents –
His brain incinerating their outcry.

Crow thought ›Alas
Alas ought I
To stop eating
And try to become the light?‹

But his eye saw a grub. And his head, trapsprung, stabbed.
And he listened
And he heard
Weeping

Tyrannenechse Krähe

Schöpfung bebte Stimmen –
Es war eine Prozession
Der Trauer und des Jammers
Krähe konnte sie hören und schaute furchtsam umher.

Des Mauerseglers Körper floh vorüber
Pulsierend
Von Insekten
Und all ihrer Pein, die er mitgefressen hatte.

Der Körper der Katze krümmte sich
Knebelte
Einen Tunnel
Neu ankommender Todeskämpfe, Leid auf Leid.

Und der Hund war eine gewölbte Filtertüte
Mit allen Toden, die er verschlungen hatte, scharf auf das Fleisch und die Knochen.
Er konnte ihre kreischenden Schlußszenen nicht verdauen.
Sein formloser Schrei war ein Aufheulen all dieser Stimmen.

Selbst der Mensch war ein wandelndes
Schlachthaus
Für Unschuldige –
Sein Gehirn äscherte ihren Aufschrei ein.

Krähe dachte ›Weh
O Weh sollt ich
Zu fressen aufhören
Und versuchen, das Licht zu werden?‹

Aber seine Augen sahen eine Raupe. Und sein Kopf, gespannt in der Falle, stieß zu.
Und er lauschte
Und er hörte
Weinen

Grubs   grubs   He stabbed   he stabbed
Weeping
Weeping

Weeping he walked and stabbed

Thus came the eye's
roundness
the ear's
deafness.

Raupen   Raupen   Er stieß zu   Er stieß zu
Weinen
Weinen

Weinend ging er und stieß zu

So kam es zu des Auges
                                        Rundheit
                                                        des Ohrs
                                                                        Taubheit.

Crow's Vanity

Looking close in the evil mirror Crow saw
Mistings of civilizations   towers   gardens
Battles he wiped the glass   but there came

Mistings of skyscrapers   webs of cities
Steaming the glass he wiped it   there came

Spread of swampferns fronded on the mistings
A trickling spider   he wiped the glass   he peered

For a glimpse of the usual grinning face

But it was no good he was breathing too heavy
And too hot   and space was too cold

And here came the misty ballerinas
The burning gulfs   the hanging gardens   it was eerie

Krähes Eitelkeit

Krähe schaute genau in den Spiegel des Bösen und sah
Nebelschleier von Zivilisationen   Türme   Gärten
Schlachten er wischte das Glas   aber da kamen

Nebelschleier von Wolkenkratzern   Netzwerke von Städten
Er behauchte das Glas wischte es   da kamen

Aufgefächerte Sumpffarne wedelnd auf den Nebelschleiern
Eine abtröpfelnde Spinne   er wischte das Glas   er spähte

Nach dem Anblick des wie gewohnt grinsenden Gesichts

Aber es war umsonst er atmete zu schwer
Und zu heiß   und der Raum war zu kalt

Und hier kamen die nebelverschleierten Ballerinen
Die brennenden Abgründe   die hängenden Gärten   es war gruselig

Crow's Song of Himself

When God hammered Crow
He made gold
When God roasted Crow in the sun
He made diamond
When God crushed Crow under weights
He made alcohol
When God tore Crow to pieces
He made money
When God blew Crow up
He made day
When God hung Crow on a tree
He made fruit
When God buried Crow in the earth
He made man
When God tried to chop Crow in two
He made woman
When God said: ›You win, Crow,‹
He made the Redeemer

When God went off in despair
Crow stropped his beak and started in on the two thieves.

Krähes Lied über sich selbst

Als Gott Krähe hämmerte
Machte er Gold
Als Gott Krähe in der Sonne röstete
Machte er Diamant
Als Gott Krähe unter Gewichten ausquetschte
Machte er Alkohol
Als Gott Krähe in Stücke riß
Machte er Geld
Als Gott Krähe in die Luft jagte
Machte er Tag
Als Gott Krähe an einen Baum hängte
Machte er Frucht
Als Gott Krähe in der Erde begrub
Machte er den Mann
Als Gott Krähe entzwei zu hacken suchte
Machte er die Frau
Als Gott sagte: ›Du hast gewonnen, Krähe‹
Machte er den Erlöser

Als Gott verzweifelt fortging
Wetzte Krähe seinen Schnabel und nahm sich die Sache mit den beiden Schächern vor.

Apple Tragedy

So on the seventh day
The serpent rested.
God came up to him.
›I've invented a new game,‹ he said.

The serpent stared in surprise
At this interloper.
But God said: ›You see this apple?
I squeeze it and look – Cider.‹

The serpent had a good drink
And curled up into a questionmark.
Adam drank and said: ›Be my god.‹
Eve drank and opened her legs

And called to the cockeyed serpent
And gave him a wild time.
God ran and told Adam
Who in drunken rage tried to hang himself in the orchard.

The serpent tried to explain, crying ›Stop‹
But drink was splitting his syllable
And Eve started screeching: ›Rape! Rape!‹
And stamping on his head.

Now whenever the snake appears she screeches
›Here it comes again! Help! O help!‹
Then Adam smashes a chair on its head,
And God says: ›I am well pleased‹

And everything goes to hell.

Apfel-Tragödie

Am siebten Tage aber
Ruhte Schlange.
Gott erschien vor ihm.
›Ich hab ein neues Spiel erfunden‹, sagte er.

Schlange glotzte überrascht
Auf diesen Störenfried.
Aber Gott sagte: ›Siehst du diesen Apfel?
Ich quetsch ihn aus und guck – Apfelwein.‹

Schlange nahm einen großen Schluck
Und rollte sich zu einem Fragezeichen.
Adam trank und sprach: ›Sei mein Gott.‹
Eva trank und machte ihre Beine breit

Und rief Schlange an, dieses Stielauge,
Und machte es ihm wild und stürmisch.
Gott rannte los und erzählte es Adam,
Der war außer sich und voll, drauf und dran, sich im Obstgarten aufzuhängen.

Schlange wollte was erklären, schrie ›Halt‹,
Aber das Getränk spaltete sein Lallen,
Und Eva kreischte los: ›Hilfe! Vergewaltigung!‹
Und trampelte ihm auf den Kopf.

Immer, wenn nun eine Schlange auftaucht, kreischt Eva:
›Da ist sie wieder! Hilfe! Hilfe!‹
Dann knallt Adam der Schlange einen Stuhl auf den Kopf,
Und Gott sagt: ›So ists gut.‹

Und alles wird zur Hölle.

Littleblood

O littleblood, hiding from the mountains in the mountains
Wounded by stars and leaking shadow
Eating the medical earth.

O littleblood, little boneless little skinless
Ploughing with a linnet's carcase
Reaping the wind and threshing the stones.

O littleblood, drumming in a cow's skull
Dancing with a gnat's feet
With an elephant's nose with a crocodile's tail.

Grown so wise grown so terrible
Sucking death's mouldy tits.

Sit on my finger, sing in my ear, O littleblood.

Blutbißchen

O Blutbißchen, versteckst dich vor den Bergen in den Bergen
Verwundet von Sternen und leckend Schatten
Ißt du heilende Erde.

O Blutbißchen, Bißchen knochenlos, Bißchen hautlos
Pflügst mit dem Kadaver eines Hänflings
Erntest den Wind und drischst die Steine.

O Blutbißchen, klopfst im Schädel einer Kuh
Tanzt mit den Füßen einer Mücke
Mit einem Elefantenrüssel mit einem Krokodilschwanz.

So weise geworden so schrecklich
Saugst an den modernden Titten des Tods.

Setz dich auf meinen Finger, sing mir ins Ohr, o Blutbißchen.

The Scream

There was the sun on the wall – my childhood's
Nursery picture. And there my gravestone
Shared my dreams, and ate and drank with me happily.

All day the hawk perfected its craftsmanship
And even through the night the miracle persisted.

Mountains lazed in their smoky camp.
Worms in the ground were doing a good job.

Flesh of bronze, stirred with a bronze thirst,
Like a newborn baby at the breast,
Slept in the sun's mercy.

And the inane weights of iron
That come suddenly crashing into people, out of nowhere,
Only made me feel brave and creaturely.

When I saw little rabbits with their heads crushed on roads
I knew I rode the wheel of the galaxy.

Calves' heads all dew-bristled with blood on counters
Grinned like masks where sun and moon danced.

And my mate with his face sewn up
Where they'd opened it to take something out
Lifted a hand –

He smiled, in half-coma,
A stone temple smile.

Then I, too, opened my mouth to praise –
But a silence wedged my gullet.

Der Schrei

Da war die Sonne an der Wand – das Bild meiner Kindheit
In meinem Kinderzimmer. Und dort teilte mein Grabstein
Meine Träume und aß und trank glücklich mit mir.

Den ganzen Tag über perfektionierte der Falke sein Handwerk.
Und selbst die Nacht hindurch hielt das Wunder an.

Berge faulenzten in ihrem dunstigen Lager.
Würmer im Boden machten ihre Arbeit gut.

Fleisch aus Bronze, erregt von einer bronzenen Gier,
Wie ein neugeborenes Baby an der Brust,
Schlief im Erbarmen der Sonne.

Und die albernen Eisengewichte,
Die plötzlich aus dem Nichts in die Leute krachten,
Machten nur, daß ich mich tapfer fühlte und kreatürlich.

Als ich kleine Kaninchen mit zerquetschten Köpfen auf den Straßen sah,
Wußte ich, daß ich auf dem Rad der Galaxie ritt.

Kalbsköpfe auf Ladentischen, überall bluttau-starrend,
Grinsten wie Masken, auf denen Sonne und Mond tanzten.

Und mein Kamerad, mit seinem Gesicht, zusammengenäht an der Stelle,
Wo sie es geöffnet hatten, um etwas herauszuholen,
Hob eine Hand –

Er lächelte, halb im Koma,
Ein Steintempellächeln.

Dann öffnete auch ich meinen Mund zum Lobpreis –
Aber ein Schweigen verkeilte meine Gurgel.

Like an obsidian dagger, dry, jag-edged,
A silent lump of volcanic glass,

The scream
Vomited itself.

Wie ein Obsidiandolch, trocken, gezackt,
Ein schweigender Klumpen vulkanisches Glas,

Der Schrei
Erbrach sich selbst.

The Knight

Has conquered. He has surrendered everything.

Now he kneels. He is offering up his victory
And unlacing his steel.

In front of him are the common wild stones of the earth –

The first and last altar
Onto which he lowers his spoils.

And that is right. He has conquered in earth's name.
Committing these trophies

To the small madness of roots, to the mineral stasis
And to rain.

An unearthly cry goes up.
The Universes squabble over him –

Here a bone, there a rag.
His sacrifice is perfect. He reserves nothing.

Skylines tug him apart, winds drink him,
Earth itself unravels him from beneath –

His submission is flawless.

Blueflies lift off his beauty.
Beetles and ants officiate

Pestering him with instructions.
His patience grows only more vast.

Der Ritter

Hat erobert. Er hat alles unterworfen.

Nun kniet er. Er opfert seinen Sieg
Und löst seine Rüstung.

Vor ihm liegen die bekannten wilden Steine der Erde –

Der erste und der letzte Altar,
Auf den er seine Beute legt.

Und es ist recht. Er hat erobert im Namen der Erde.
Die Trophäen übergibt er

Der kleinen Verwirrtheit von Wurzeln, der mineralen Stasis
Und dem Regen.

Ein unirdischer Schrei steigt auf.
Die Welten streiten sich um ihn –

Hier ein Knochen, da ein Fetzen.
Sein Opfer ist vollkommen. Er hält nichts zurück.

Horizonte zerreißen ihn, Winde trinken ihn,
Die Erde selbst löst ihn von unten her auf –

Seine Unterwerfung ist makellos.

Schmeißfliegen heben seine Schönheit ab.
Käfer und Ameisen amtieren,

Quälen ihn mit Anweisungen.
Seine Geduld wird nur unendlicher.

His eyes darken bolder in their vigil
As the chapel crumbles.

His spine survives its religion,
The texts moulder –

The quaint courtly language
Of wingbones and talons.

And already
Nothing remains of the warrior but his weapons

And his gaze.
Blades, shafts, unstrung bows – and the skull's beauty

Wrapped in the rags of his banner.
He is himself his banner and its rags.

While hour by hour the sun
Deepens its revelation.

Seine Augen dunkeln verwegener bei ihrer Wache,
Während die Kapelle zerfällt.

Sein Rückgrat überlebt seine Religion,
Die Texte vermodern –

Die wunderlich höfische Sprache
Der Flügelknochen und Krallen.

Und alsbald
Bleibt nichts mehr vom Krieger als seine Waffen

Und sein Starren.
Klingen, Schäfte, entspannte Bögen – und des Schädels Schönheit,

Eingewickelt in die Fetzen seines Banners.
Er selbst ist sein Banner und seine Fetzen.

Während Stunde um Stunde die Sonne
Ihre Offenbarung vertieft.

Bride and Groom Lie Hidden for Three Days

She gives him his eyes, she found them
Among some rubble, among some beetles

He gives her her skin
He just seemed to pull it down out of the air and lay it over her
She weeps with fearfulness and astonishment

She has found his hands for him, and fitted them freshly at the wrists
They are amazed at themselves, they go feeling all over her

He has assembled her spine, he cleaned each piece carefully
And sets them in perfect order
A superhuman puzzle but he is inspired
She leans back twisting this way and that, using it and laughing, incredulous

Now she has brought his feet, she is connecting them
So that his whole body lights up

And he has fashioned her new hips
With all fittings complete and with newly wound coils, all shiningly oiled
He is polishing every part, he himself can hardly believe it

They keep taking each other to the sun, they find they can easily
To test each new thing at each new step

And now she smooths over him the plates of his skull
So that the joints are invisible
And now he connects her throat, her breasts and the pit of her stomach
With a single wire

She gives him his teeth, tying their roots to the centrepin of his body

He sets the little circlets on her fingertips

Braut und Bräutigam lügen versteckt drei Tage lang

Sie gibt ihm seine Augen, die fand sie
Zwischen ein paar Schottern, zwischen ein paar Käfern

Er gibt ihr ihre Haut
Die schien er grad so aus der Luft zu holen und über sie zu legen
Sie weint voll Furcht und Erstaunen

Sie hat seine Hände für ihn gefunden und paßt sie eben frisch an sein Handgelenk
Die sind über sich selbst erstaunt, machen sich daran, sie ganz zu befühlen

Er hat ihr Rückgrat montiert: jedes Teil sorgfältig gereinigt
Und perfekt angeordnet
Ein übermenschliches Puzzle, aber er ist hingerissen
Sie lehnt sich zurück, dreht sich bald hierhin, bald dorthin, benutzt es und lacht ungläubig

Nun hat sie seine Füße gebracht, sie schließt sie an
So daß sein ganzer Körper aufleuchtet

Und er hat ihr neue Hüften modelliert
Mit allen Teilen komplett und neu gedrehten Wellen, alles blitzblank geölt
Er poliert jedes Teil, kann es selbst kaum glauben

Sie bringen sich gegenseitig eifrig zur Sonne, das, finden sie, können sie leicht
Und probieren alles Neue aus bei jedem neuen Schritt

Und nun schmiegt sie über ihn die Platten seines Schädels
So daß die Fugen verschwinden
Und nun verbindet er ihren Hals, ihre Brüste und ihre Magengrube
Mit einem einzelnen Draht

Sie gibt ihm seine Zähne, bindet ihre Wurzeln an die Nadel im Zentrum seines Körpers

Er setzt die kleinen Ringe auf ihre Fingerspitzen

She stitches his body here and there with steely purple silk

He oils the delicate cogs of her mouth

She inlays with deep-cut scrolls the nape of his neck

He sinks into place the inside of her thighs

So, gasping with joy, with cries of wonderment
Like two gods of mud
Sprawling in the dirt, but with infinite care

They bring each other to perfection.

Sie bestickt seinen Körper hier und da mit stahliger Purpurseide

Er ölt die zarten Zahnräder in ihrem Mund

Sie legt seinen Nacken aus mit tief eingeschnittenen Wülsten

Er sinkt auf seinen Platz, an die Innenseiten ihrer Schenkel

So wälzen sie sich, japsend vor Freude, mit Verwunderungsschreien
Wie zwei Schlammgötter
Im Dreck, doch mit unendlicher Fürsorge

Bringen sie einander zur Vollkommenheit.

The Risen

He stands, filling the doorway
In the shell of earth.

He lifts wings, he leaves the remains of something,
A mess of offal, muddled as an afterbirth.

His each wingbeat – a convict's release.
What he carries will be plenty.

He slips behind the world's brow
As music escapes its skull, its clock and its skyline.

Under his sudden shadow, flames cry out among thickets.
When he soars, his shape

Is a cross, eaten by light,
On the Creator's face.

He shifts world weirdly as sunspots
Emerge as earthquakes.

A burning unconsumed,
A whirling tree –

Where he alights
A skin sloughs from a leafless apocalypse.

On his lens
Each atom engraves with a diamond.

In the wind-fondled crucible of his splendour
The dirt becomes God.

But when will he land
On a man's wrist.

Der Auferstandene

Er steht, füllt den Eingang aus
Zur Erdmuschel.

Er hebt Flügel, läßt die Überreste von etwas zurück,
Ein Abfall-Chaos, durcheinander wie eine Nachgeburt.

Jeder seiner Flügelschläge – setzt einen Sträfling frei.
Was er trägt, wird Überfluß sein.

Er schlüpft hinter die Stirn der Welt,
Während Musik ihrem Schädel entflieht, ihrer Uhr und ihrem Horizont.

Unter seinem plötzlichen Schatten schreien Flammen hervor unter Dickichten.
Wenn er sich emporschwingt, ist sein Umriß

Ein Kreuz, geschluckt vom Licht,
Auf des Schöpfers Gesicht.

Unheimlich verwandelt er die Welt, wie Sonnenflecken
Ausbrechen als Erdbeben.

Ein Brennen unverbraucht,
Ein wirbelnder Baum –

Wo er sich niederläßt,
Löst sich Haut von einer blattlosen Apokalypse.

Auf seiner Linse
Graviert jedes Atom mit einem Diamanten.

Im windumkosten Schmerztiegel seines Glanzes
Wird der Dreck Gott.

Aber wann wird er landen
Auf eines Mannes Handgelenk.

The River in March

Now the river is rich, but her voice is low.
It is her Mighty Majesty the sea
Travelling among the villages incognito.

Now the river is poor. No song, just a thin mad whisper.
The winter floods have ruined her.
She squats between draggled banks, fingering her rags and rubbish.

And now the river is rich. A deep choir.
It is the lofty clouds, that work in heaven,
Going on their holiday to the sea.

The river is poor again. All her bones are showing.
Through a dry wig of bleached flotsam she peers up ashamed
From her slum of sticks.

Now the river is rich, collecting shawls and minerals.
Rain brought fatness, but she takes ninety-nine percent
Leaving the fields just one percent to survive on.

And now she is poor. Now she is East wind sick.
She huddles in holes and corners. The brassy sun gives her a headache.
She has lost all her fish. And she shivers.

But now once more she is rich. She is viewing her lands.
A hoard of king-cups spills from her folds, it blazes, it cannot be hidden.
A salmon, a sow of solid silver,

Bulges to glimpse it.

Die Flüssin im März

Nun ist die Flüssin reich, aber ihre Stimme ist leis.
Es ist ihre Großmächtige Majestät, die See,
Die von Dorf zu Dorf reist incognito.

Nun ist die Flüssin arm. Kein Lied, geradmal ein dünn irr Gewisper.
Die Winterfluten haben sie runtergebracht.
Sie kauert zwischen schmutzigen Ufern, fingert an ihren Lumpen und in Abfällen.

Und nun ist die Flüssin reich. Ein tiefer Chor.
Es sind die luftigen Wolken, die am Himmel wirken,
Auf ihrer Ferienreise hin zur See.

Und wieder ist die Flüssin arm. All ihre Knochen stehen heraus.
Durch eine trockne Perücke verblichnen Treibguts lugt sie verschämt auf
Aus ihrem Elendslager aus Stöcken.

Nun ist die Flüssin reich, sammelt Schals und Mineralien.
Regen hat sie fett gemacht, aber sie nimmt neunundneunzig Prozent,
Dem Feld läßt sie grad ein Prozent zum Überleben.

Und nun ist sie arm. Nun ist sie ostwindkrank.
Sie drängt sich in Löcher, in Ecken. Die messingne Sonne macht ihr Kopfweh.
Verloren hat sie all ihre Fische. Und ihr schaudert.

Aber nun ist sie noch einmal reich. Sie betrachtet ihre Ländereien.
Ein Schatz an Butterblumen quillt über aus ihren Falten, er lodert, er kann nicht
verborgen bleiben.
Ein Salm, eine Aussaat gediegenen Silbers,

Geht auf, ihn zu betrachten.

Apple Dumps

After the fiesta, the beauty-contests, the drunken wrestling
Of the blossom
Come some small ugly swellings, the dwarfish truths
Of the prizes.

After blushing and confetti, the breeze-blown bridesmaids, the shadowed snapsho
Of the trees in bloom
Come the gruelling knuckles, and the cracked housemaid's hands,
The workworn morning plainness of apples.

Unearthly was the hope, the wet star melting the gland,
Staggering the offer –
But pawky the real returns, not easy to see,
Dull and leaf-green, hidden, still-bitter, and hard.

The orchard flared wings, a new heaven, a dawn-lipped apocalypse
Kissing the sleeper –
The apples emerge, in the sun's black shade, among stricken trees.
A straggle of survivors, nearly all ailing.

Apfall

Nach der Fiesta, den Schönheitswettbewerben, dem trunkenen Rangeln
Der Blüten,
Jetzt einige häßliche Schwellungen, die zwergichten Wirklichkeiten
Der vergebenen Preise.

Nach Erröten und Konfetti, den windverwehten Brautjungfern, den verschatteten Schnappschüssen
Von blühenden Bäumen,
Jetzt die zermürbenden Knöchel und rissigen Hausmädchenhände,
Die arbeitstriste Morgenödnis von Äpfeln.

Unirdisch war die Hoffnung, der nasse Stern ging auf in den Zellen,
Machte ein überwältigendes Angebot –
Aber ein Witz der wahre Ertrag, kaum zu sehen,
Dumpf und laubgrün, versteckt, noch-bitter und hart.

Der Obstgarten bauschte die Flügel, einen neuen Himmel, eine morgenrotlippige Apokalypse,
Die den Schläfer küßte –
Hervor kommen die Äpfel, im schwarzen Schatten der Sonne, in befallenen Bäumen,
Verstreut Überlebende, krank nahezu alle.

Sheep

The sheep has stopped crying.
All morning in her wire-mesh compound
On the lawn, she has been crying
For her vanished lamb. Yesterday they came.
Then her lamb could stand, in a fashion,
And make some tiptoe cringing steps.
Now he has disappeared.
He was only half the proper size,
And his cry was wrong. It was not
A dry little hard bleat, a baby-cry
Over a flat tongue, it was human,
It was a despairing human smooth Oh!
Like no lamb I ever heard. Its hindlegs
Cowered in under its lumped spine,
Its feeble hips leaned towards
Its shoulders for support. Its stubby
White wool pyramid head, on a tottery neck,
Had sad and defeated eyes, pinched, pathetic,
Too small, and it cried all the time
Oh! Oh! staggering towards
Its alert, baffled, stamping, storming mother
Who feared our intentions. He was too weak
To find her teats, or to nuzzle up in under,
He hadn't the gumption. He was fully
Occupied just standing, then shuffling
Towards where she'd removed to. She knew
He wasn't right, she couldn't
Make him out. Then his rough-curl legs,
So stoutly built, and hooved
With real quality tips,
Just got in the way, like a loose bundle
Of firewood he was cursed to manage,
Too heavy for him, lending sometimes

Schafe

Das Schaf hat aufgehört zu schreien.
Den ganzen Morgen im Maschendrahtverhau
Auf der Wiese, hat es geschrien
Nach seinem verschwundenen Lamm. Gestern kamen sie.
Dann konnte das Lamm stehen, auf seine Weise,
Und machte ein paar schwankende Schritte auf Zehenspitzen.
Nun ist es fort.
Es hatte nur halb die richtige Größe,
Und sein Schrei war falsch. Es war kein
Trockenes, kleines, hartes Blöken, kein Babyschrei
Mit flatternder Zunge, es war menschlich,
Es war ein verzweifeltes menschlich weiches Oh!
Wie ich es noch von keinem Lamm je hörte. Seine Hinterbeine
Kauerten sich unter sein klumpiges Rückgrat,
Seine schwachen Hüften lehnten sich an
Seine Schultern zur Stütze. Sein struppiger
Weißer Wollpyramidenkopf auf tattrigem Hals
Hatte traurige und geschlagene Augen, gequält, kläglich,
Zu klein, und es schrie die ganze Zeit
Oh! Oh! taumelte zu
Auf seine wachsame, verwirrte, stampfende, tobende Mutter,
Die unseren Absichten mißtraute. Es war zu schwach,
Ihre Zitzen zu finden oder sich anzuschmiegen,
Es hatte nicht den Mumm. Es war voll damit
Beschäftigt, nur zu stehen, dann schleppte es sich
Dahin, wohin sie sich zurückgezogen hatte. Sie wußte,
Daß es nicht richtig war. Sie konnte es
Nicht ausmachen. Dann kamen ihm seine rauhgelockten Beine,
So kräftig gebaut, und behuft
Mit echten Qualitätszehen,
Einfach in den Weg, wie ein loses Bündel
Feuerholz, zu dessen Gebrauch es verdammt war,
Viel zu schwer, nur manchmal gaben sie ihm

Some support, but no strength, no real help.
When we sat his mother on her tail, he mouthed her teat,
Slobbering a little, but after a minute
Lost aim and interest, his muzzle wandered,
He was managing a difficulty
Much more urgent and important. By evening
He could not stand. It was not
That he could not thrive, he was born
With everything but the will –
That can be deformed, just like a limb.
Death was more interesting to him.
Life could not get his attention.
So he died, with the yellow birth-mucus
Still in his cardigan.
He did not survive a warm summer night.
Now his mother has started crying again.
The wind is oceanic in the elms
And the blossom is all set.

Ein bißchen Halt, aber keine Kraft kam von ihnen, keine wirkliche Hilfe.
Als wir seine Mutter auf ihr Hinterteil setzten, nahm es ihre Zitze in den Mund,
Schlabberte ein wenig, aber nach einer Minute
Verlor es Ziel und Antrieb, sein Maul schweifte ab,
Es mußte ein Problem bewältigen,
Das viel dringlicher und wichtiger war. Am Abend
Konnte es nicht stehen. Es war nicht so,
Daß es nicht hätte gedeihen können, es war geboren worden
Mit allem außer dem Willen –
Der deformiert sein kann genau wie ein Glied.
Tod war interessanter für es.
Leben konnte ihm keine Aufmerksamkeit abgewinnen.
So starb es, mit der gelben Geburtsschmiere
Noch im Wams.
Es hat eine warme Sommernacht nicht überlebt.
Nun schreit seine Mutter wieder.
Der Wind in den Ulmen kommt vom Ozean,
Und überall setzt die Blüte ein.

Evening Thrush

Beyond a twilight of limes and willows
The church craftsman is still busy –
Switing idols,
Rough pre-Goidelic gods and goddesses,
Out of old bits of churchyard yew.

Suddenly flinging
Everything off, head-up, flame-naked,
Plunges shuddering into the creator –

Then comes plodding back, with a limp, over cobbles.

That was a virtuoso's joke.

Now, serious, stretched full height, he aims
At the zenith. He situates a note
Right on the source of light.

Sews a seamless garment, simultaneously
Hurls javelins of dew
Three in air together, catches them.

Explains a studied theorem of sober practicality.

Cool-eyed,
Gossips in a mundane code of splutters
With Venus and Jupiter.
                                        Listens –
Motionless, intent astronomer.

Suddenly launches a soul –

The first roses hang in a yoke stupor.
Globe after globe rolls out
Through his fluteful of dew –

Abenddrossel

Jenseits eines Zwielichts von Linden und Weiden
Ist die Kirchenkünstlerin immer noch geschäftig –
Haut Idole,
Grobe prä-gälische Götter und Göttinnen,
Aus alten Stücken von Friedhofseibe.

Plötzlich stößt sie
Alles weg, kopfhoch, flammnackt,
Stürzt schaudernd in den Schöpfer –

Kommt dann unverdrossen zurück, hinkend über Kopfsteine.

Das war ein Virtuosenscherz.

Ernsthaft nun, ausgestreckt zur vollen Länge, zielt sie
Auf den Zenit. Sie plaziert eine Note
Genau auf die Lichtquelle.

Näht ein Gewand ohne Naht, gleichzeitig
Schleudert sie Speere aus Tau,
Drei auf einmal, in die Luft, fängt sie auf.

Erörtert ein gelehrtes Theorem von nüchterner Sachlichkeit.

Mit kühlen Augen
Klatscht sie in einem mondänen Plappercode
Mit Venus und Jupiter.
                    Lauscht –
Bewegungslose, eifrige Sternguckerin.

Läßt plötzlich eine Seele vom Stapel –

Die ersten Rosen verfallen einem Kletterjoch-Stupor.
Kugel um Kugel rollt heraus
Durch ihre Flötevoll Tau –

The tree-stacks ride out on the widening arc.

Alone and darkening
At the altar of a star
With his sword through his throat
The thrush of clay goes on arguing
Over the graves.

O thrush,
If that really is you, behind the leaf-screen,
Who is this –

Worn-headed, on the lawn's grass, after sunset,
Humped, voiceless, turdus, imprisoned
As a long-distance lorry-driver, dazed

With the pop and static and unending
Of worms and wife and kids?

Die Baumgruppen reiten aus auf dem sich weitenden Lichtbogen.

Allein und dunkelnd
An einem Sternaltar
Mit ihrem Schwert durch den Hals
Streitet die Tondrossel weiter
Über den Gräbern.

O Drossel,
Wenn das wirklich du bist hinter dem Blätterschirm,
Wer ist das –

Zausköpfig auf dem Gras des Rasens, nach Sonnenuntergang,
Bucklig, stimmlos, verdreckt, eingesperrt
Wie eine Fernfahrerin, benommen

Vom Hopp und Stopp und Endelos von
Würmern und Mann und Kindern?

The Harvest Moon

The flame-red moon, the harvest moon,
Rolls along the hills, gently bouncing,
A vast balloon,
Till it takes off, and sinks upward
To lie in the bottom of the sky, like a gold doubloon.

The harvest moon has come,
Booming softly through heaven, like a bassoon.
And earth replies all night, like a deep drum.

So people can't sleep,
So they go out where elms and oak trees keep
A kneeling vigil, in a religious hush.
The harvest moon has come!

And all the moonlit cows and all the sheep
Stare up at her petrified, while she swells
Filling heaven, as if red hot, and sailing
Closer and closer like the end of the world.

Till the gold fields of stiff wheat
Cry ›We are ripe, reap us!‹ and the rivers
Sweat from the melting hills.

Die Erntemondin

Die flammrote Mondin, die Erntemon-
din rollt die Hügel entlang, hüpft ganz sanft,
Ein Riesenballon,
Bis er abhebt und aufwärts sinkt,
Auf dem Himmelsboden zu liegen gleich einer Golddublone.

Die Erntemondin ist gekommen,
Sanft brummend durch Himmel wie Fagott-Ton,
Und nachthindurch schlägt Erde Antwort als tiefe Trommel.

Und die Leute können nicht schlafen,
Sie gehen hin, wo Ulmen und Eichen sich trafen,
Vigil zu knien in göttinfürchtiger Ruh.
Die Erntemondin ist gekommen!

Und all die mondbeschienenen Kühe und Schafe
Starrn versteint zu ihr auf, die aufhügelnd
Himmel erfüllt, wie rotglühend näher
Und näher segelt gleich dem Ende der Welt.

Bis die Goldfelder steif von Korn
Schrein ›Reif sind wir, rauft uns!‹ und die Flüsse
Schwitzen von den schmelzenden Hügeln.

Leaves

Who's killed the leaves?
Me, says the apple, I've killed them all.
Fat as a bomb or a cannonball
I've killed the leaves.

Who sees them drop?
Me, says the pear, they will leave me all bare
So all the people can point and stare.
I see them drop.

Who'll catch their blood?
Me, me, me, says the marrow, the marrow.
I'll get so rotund that they'll need a wheelbarrow.
I'll catch their blood.

Who'll make their shroud?
Me, says the swallow, there's just time enough
Before I must pack all my spools and be off.
I'll make their shroud.

Who'll dig their grave?
Me, says the river, with the power of the clouds
A brown deep grave I'll dig under my floods.
I'll dig their grave.

Who'll be their parson?
Me, says the Crow, for it is well known
I study the bible right down to the bone.
I'll be their parson.

Who'll be chief mourner?
Me, says the wind, I will cry through the grass
The people will pale and go cold when I pass.
I'll be chief mourner.

Blätter

Wer hat die Blätter getötet?
Ich, sagt der Apfel, hab sie getötet all.
Wie Kanonenkugel und Bombe drall
Hab ich die Blätter getötet.

Wer sieht sie fallen?
Ich, sagt die Birne, bald ist nichts mehr dran
An mir, daß jeder's zeigen, draufstarren kann.
Ich seh sie fallen.

Wer fängt ihr Blut auf?
Ich, ich, ich, sagt der Kürbis, von Blut
Rot und rund werd ich sein, daß 'ne Karre nottut,
Ich fange ihr Blut auf.

Wer wirkt ihr Bahrtuch?
Ich, sagt die Schwalbe, Zeit ist genug,
Bis ich die Haspeln verstau und mache den Flug.
Ich wirk ihnen das Bahrtuch.

Wer gräbt ihnen das Grab?
Ich, sagt der Fluß, mit der Wolken Wut,
Ein braun, tief Grab grab ich unter der Flut,
Ich grabe ihr Grab.

Wer wird sein ihr Pfarrer?
Ich, sagt die Krähe, wohl ists bekannt,
Ich lese die Bibel mit tiefstem Verstand.
Ich werd sein ihr Pfarrer.

Wer führt die Klage?
Ich, sagt der Wind, durchs Gras geht mein Schrei,
Daß Leuten bleich wird und kalt, komm ich vorbei,
Ich führe die Klage.

Who'll carry the coffin?
Me, says the sunset, the whole world will weep
To see me lower it into the deep.
I'll carry the coffin.

Who'll sing a psalm?
Me, says the tractor, with my gear-grinding glottle
I'll plough up the stubble and sing through my throttle.
I'll sing the psalm.

Who'll toll the bell?
Me, says the robin, my song in October
Will tell the still gardens the leaves are over.
I'll toll the bell.

Wer trägt ihren Sarg?
Ich, sagt sinkend die Sonne, und jedem wirds arg,
Wie ich ihn lasse ins Tiefe hinab,
Ich trage den Sarg.

Wer singt einen Psalm?
Ich, sagt der Traktor, mit getriebverschleißendem Rasseln
Pflüg ich die Stoppeln auf, singe beim Drosseln.
Ich singe den Psalm.

Wer läutet die Glocke?
Ich, sagts Rotkehlchen, mein Lied im Oktober
Sagt ruhigen Gärten, die Blätter sind Tote,
Ich läute die Glocke.

A Cranefly in September

She is struggling through grass-mesh – not flying,
Her wide-winged, stiff, weightless basket-work of limbs
Rocking, like an antique wain, a top-heavy ceremonial cart
Across mountain summits
(Not planing over water, dipping her tail)
But blundering with long strides, long reachings, reelings
And ginger-glistening wings
From collision to collision.
Aimless in no particular direction,
Just exerting her last to escape out of the overwhelming
Of whatever it is, legs, grass,
The garden, the county, the country, the world –

Sometimes she rests long minutes in the grass forest
Like a fairytale hero, only a marvel can help her.
She cannot fathom the mystery of this forest
In which, for instance, this giant watches –
The giant who knows she cannot be helped in any way.

Her jointed bamboo fuselage,
Her lobster shoulders, and her face
Like a pinhead dragon, with its tender moustache,
And the simple colourless church windows of her wings
Will come to an end, in mid-search, quite soon.
Everything about her, every perfected vestment
Is already superfluous.
The monstrous excess of her legs and curly feet
Are a problem beyond her.
The calculus of glucose and chitin inadequate
To plot her through the infinities of the stems.

The frayed apple leaves, the grunting raven, the defunct tractor
Sunk in nettles, wait with their multiplications

Schnake im September

Durchs Gras-Gespinst kämpft sie sich – fliegt nicht,
Das weitgespannte, steife, gewichtlose Flechtwerk ihrer Glieder
Schaukelt dahin wie ein antiker Karren, ein kopflastiges Kultgefährt
Über Berggipfel
(Gleitet nicht übers Wasser mit eintauchendem Schwanz),
Sondern stolpert mit langen Schritten, weitem Auslangen, Drehungen
Und rotbraunglänzenden Flügeln
Von Bruch zu Bruch.
Ziellos in keine bestimmte Richtung,
Gibt grad ihr letztes, um dem Überwältigenden zu entkommen,
Was immer es ist: Beine, Gras,
Der Garten, die Grafschaft, das Land, die Welt –

Bisweilen ruht sie minutenlang im Graswald
Wie ein Märchenheld, nur ein Wunder kann ihr noch helfen.
Nicht ergründen kann sie das Geheimnis dieses Walds,
In dem etwa dieser Riese Wacht hält –
Der Riese, der weiß, ihr ist mit nichts zu helfen.

Ihr zusammengesteckter Bambus-Rumpf,
Ihre Krebs-Schultern und ihr Gesicht
Wie ein Stecknadel-Drache mit zartem Schnurrbart
Und die schlicht farblosen Kirchenfenster ihrer Flügel
Werden sehr bald inmitten ihrer Suche verenden.
Alles an ihr, jedes noch so vollkommene Gewand,
Ist schon überflüssig.
Das ungeheure Ausmaß ihrer Beine und die gebogenen Füße
Sind ein Problem außerhalb von ihr.
Unzureichend die Bestimmung von Glukose und Chitin,
Um sie in der Unendlichkeit von Stammbäumen zu ermitteln.

Die ausgefransten Apfelbaumblätter, der murrende Rabe, der kaputte Traktor,
Der tief in den Nesseln sitzt, warten mit ihren Vermehrungen

Like other galaxies.
The sky's Northward September procession, the vast soft armistice,
Like an Empire on the move,
Abandons her, tinily embattled
With her cumbering limbs and cumbered brain.

Wie andere Galaxien auch.
Die September-Prozession des Himmels nach Norden, der unermeßliche sanfte
Waffenstillstand
Wie ein Imperium auf dem Vormarsch,
Läßt sie zurück, winzig aufgerüstet
Mit ihren lästigen Gliedern und dem überlastigen Hirn.

Gaudete

Collision with the earth has finally come –
How far can I fall?

A kelp, adrift
In my feeding substance

A mountain
Rooted in stone of heaven

A sea
Full of moon-ghost, with mangling waters

Dust on my head
Helpless to fit the pieces of water
A needle of many Norths

Ark of blood
Which is the magic baggage old men open
And find useless, at the great moment of need

Error on error
Perfumed
With a ribbon of fury

Once I said lightly
Even if the worst happens
We can't fall off the earth.

And again I said
No matter what fire cooks us
We shall be still in the pan together.

Gaudete

Der Zusammenstoß mit der Erde ist endlich gekommen –
Wie tief kann ich fallen?

Ein Seetang umgetrieben
In meiner Nahrungssubstanz

Ein Berg
Verwurzelt in Stein vom Himmel

Eine See
Voll Mondgeist, mit mahlenden Wassern

Staub auf mein Haupt
Ratlos, wie die Wasserteile zusammenpassen
Eine Nadel mit vielen Norden

Bogen aus Blut
Der das magische Gepäck ist, das alte Männer öffnen
Und nutzlos finden im großen Augenblick des Bedarfs

Irrtum auf Irrtum
Aromatisiert
Mit einem Band aus Wut.

Einmal sagte ich leichtfertig
Selbst wenn es zum Schlimmsten kommt
Können wir nicht von der Erde fallen.

Und wieder sagte ich
Egal, auf welchem Feuer wir kochen
Wir sind immer noch zusammen in einem Topf.

And words twice as stupid.
Truly hell heard me.

She fell into the earth
And I was devoured.

A primrose petal's edge
Cuts the vision like laser.

And the eye of a hare
Strips the interrogator naked
Of all but some skin of terror –
A starry frost.

Who is this?
She reveals herself, and is veiled.
Somebody

Something grips by the nape
And bangs the brow, as against a wall
Against the untouchable veils

Of the hole which is bottomless

Till blood drips from the mouth.

I know well
You are not infallible

I know how your huge your unmanageable
Mass of bronze hair shrank to a twist
As thin as a silk scarf, on your skull,
And how your pony's eye darkened larger

Und sagte Worte, doppelt so dumm.
Sicher hat die Hölle mich gehört.

Sie fiel in die Erde
Und ich bin gefressen worden.

Der Rand eines Primelblütenblatts
Durchschneidet das Blickfeld wie Laser.

Und das Auge eines Hasen
Zieht den Befrager nackt
Aus bis auf ein bißchen Gänsehaut –
Sterniger Frost.

Wer ist das?
Sie enthüllt sich und ist verschleiert.
Irgendjemand

Packt irgendetwas beim Nacken
Und knallt die Stirn wie gegen eine Wand
Gegen die unberührbaren Schleier

Der Öffnung, die bodenlos ist

Bis Blut tropft vom Mund.

Ich weiß wohl
Du bist nicht unfehlbar

Ich weiß, wie deine riesige, deine unbändige
Flut bronzenen Haars zu einem Strang
Dünn wie ein Seidenschal schwand auf deinem Schädel
Und wie dein Pony-Auge sich weiter verdunkelte

Holding too lucidly the deep glimpse
After the humane killer

And I had to lift your hand for you

While your chin sank to your chest
With the sheer weariness
Of taking away from everybody
Your envied beauty, your much-desired beauty

Your hardly-used beauty

Of lifting away yourself
From yourself

And weeping with the ache of the effort

Calves harshly parted from their mamas
Stumble through all the hedges in the country
Hither thither crying day and night
Till their throats will only grunt and whistle.

After some days, a stupor sadness
Collects them again in their field.
They will never stray any more.
From now on, they only want each other.

So much for calves.
As for the tiger
He lies still
Like left luggage.

He is roaming the earth light, unseen.

He is safe.

Heaven and hell have both adopted him.

Zu licht den tiefen Augenblick festhaltend
Nach dem menschlichen Töter

Und ich mußte deine Hand für dich heben

Während dein Kinn auf deine Brust sank
Aus reinem Überdruß
Einem jeden wegzunehmen
Deine beneidete Schönheit, deine vielbegehrte Schönheit

Deine kaum genutzte Schönheit

Um dich selbst abzuheben
Von dir selbst

Weinend vom Schmerz dieser Anstrengung

Kälber, brüsk getrennt von ihren Mamas
Stolpern durch alle Hecken des Landes
Hierhin und dorthin, schreien Tag und Nacht
Bis ihre Kehlen nur noch brummen und pfeifen.

Nach ein paar Tagen versammelt eine stumpfe Traurigkeit
Sie wieder auf ihrem Feld.
Sie werden nicht mehr streunen.
Von jetzt an wollen sie nur noch beisammen sein.

Soweit die Kälber.
Was den Tiger betrifft
Der liegt still
Wie zurückgelassenes Gepäck.

Er durchstreift das Erdlicht, ungesehen.

Er ist sicher.

Himmel und Hölle haben ihn beide angenommen.

Football at Slack

Between plunging valleys, on a bareback of hill
Men in bunting colours
Bounced, and their blown ball bounced.

The blown ball jumped, and the merry-coloured men
Spouted like water to head it.
The ball blew away downwind –

The rubbery men bounced after it.
The ball jumped up and out and hung on the wind
Over a gulf of treetops.
Then they all shouted together, and the ball blew back.

Winds from fiery holes in heaven
Piled the hills darkening around them
To awe them. The glare light
Mixed its mad oils and threw glooms.
Then the rain lowered a steel press.

Hair plastered, they all just trod water
To puddle glitter. And their shouts bobbed up
Coming fine and thin, washed and happy

While the humped world sank foundering
And the valleys blued unthinkable
Under depth of Atlantic depression –

But the wingers leapt, they bicycled in air
And the goalie flew horizontal

And once again a golden holocaust
Lifted the cloud's edge, to watch them.

Fußball verschlammpt

Zwischen abtauchenden Tälern auf blankem Hügelrücken
Schnellten Männer in bannernden Farben,
Und es schnellte ihr aufgeblasener Ball.

Der aufgeblasene Ball sprang hoch, und die in den lustigen Farben
Spritzten wie Wasser, ihn zu köpfen.
Weg trieb es den Ball mit dem Wind –

Die Gummimänner schnellten ihm nach.
Der Ball sprang auf und raus und hing im Wind
Über einem Abgrund von Baumwipfeln.
Da schrien sie alle, und der Ball trieb zurück.

Winde aus feurigen Löchern im Himmel
Schichteten dunkelnde Hügel um sie auf,
Sie zu erschrecken. Das gleißende Licht
Mischte seine irren Ölfarben und schleuderte Düsternis.
Dann ließ sich der Regen wie eine Stahlpresse hinunter.

Haare klebten, sie alle traten nur ins Wasser, um
Das Glänzen zu trüben. Und ihre Rufe sprangen hoch,
Fein und dünn klangen sie, gewaschen und glücklich.

Während die bucklige Welt unterging
Und die Täler unausdenkbar blau wurden
Unterm atlantischen Tiefdruck –

Doch die Außenstürmer sprangen, radelten in der Luft,
Und der Keeper flog horizontal,

Und wieder hob eine goldne Vernichtung
Den Wolkenrand an, sie zu beobachten.

Moors

Are a stage
For the performance of heaven.
Any audience is incidental.

A chess-world of top-heavy Kings and Queens
Circling in stilted majesty
Tremble the bog-cotton
Under the sweep of their robes.

Fools in sunny motley tumble across,
A laughter – fading in full view
To grass-tips tapping at stones.

The witch-brew boiling in the sky-vat
Spins electrical terrors
In the eyes of sheep.

Fleeing wraith-lovers twist and collapse
In death-pact languor
To bedew harebells
On the spoil-heaps of quarries.

Wounded champions lurch out of sunset
To gurgle their last gleams into potholes.

Shattered, bowed armies, huddling leaderless
Escape from a world
Where snipe work late.

Moore

Sind eine Bühne
Für die Vorstellung des Himmels.
Jedes Publikum ist nebensächlich.

Eine Schachwelt von kopflastigen Königen und Damen
Kreist gestelzt majestätisch,
Läßt die Sumpfbaumwolle erzittern
Unterm Wehen ihrer Roben.

Harlekine im sonnigen, buntscheckigen Kleid taumeln vorbei,
Ein Gelächter – verbleicht im vollen Blick
Zu Grasspitzen, die an Steine tippen.

Das Hexengebräu kocht im Himmelsfaß,
Spinnt elektrischen Schrecken
In Schafaugen.

Fliehende Geliebte von Geist-Erscheinungen winden sich und brechen zusammen,
Schmachtend im Pakt mit dem Tod,
Um Glockenblumen zu betauen
Auf den Schutthaufen von Steinbrüchen.

Verwundete Kämpfer schleppen sich aus dem Sonnenuntergang,
Gurgeln ihren letzten Glanz hinab in Strudeltöpfe.

Geschlagene, gedemütigte Armeen drängen sich zusammen in führerloser
Flucht aus einer Welt,
In der Heckenschnepfen noch spät am Werk sind.

Chinese History of Colden Water

A fallen immortal found this valley –
Leafy conch of whispers
On the shore of heaven. He brought to his ear
The mad singing in the hills,
The prophetic mouth of the rain –

These hushings lulled him. So he missed
The goblins toiling up the brook.
The clink of fairy hammers forged his slumber
To a migraine of headscarves and clatter
Of clog-irons and looms and gutter water
And clog-irons and biblical texts.

Till he woke in a terror, tore free, lay panting.
The dream streamed from him. He blinked away
The bloody matter of the Cross
And the death's-head after-image of ›Poor‹.

Chapels, chimneys, roofs in the mist – scattered.

Hills with raised wings were standing on hills.
They rode the waves of light
That rocked the conch of whispers

And washed and washed at his eye.
                                        Washed from his ear
All but the laughter of foxes.

Chinesische Geschichte vom Colden Water

Ein gefallener Unsterblicher fand dieses Tal –
Blättrige Muschel aus Wispern
Am Himmelsstrand. Er brachte an sein Ohr
Das irre Singen in den Hügeln,
Den prophetischen Mund des Regens –

Diese Schlaflieder lullten ihn ein. So verpaßte er
Die Kobolde, die sich den Bach hinaufarbeiteten.
Das Klingen der Feenhämmer schmiedete aus seinem Schlummer
Eine Migräne aus Kopftüchern und Geklapper,
Von Hemmeisen und Webstühlen und Gossenwasser
Und Hemmeisen und biblischen Texten.

Bis er entsetzt erwachte, sich losriß und keuchend dalag.
Aus ihm strömte der Traum. Er verblinzelte
Die blutige Sache mit dem Kreuz
Und des Totenkopfs Nachbild von ›Arm‹.

Kapellen, Kamine, Dächer, verstreut im Nebel.

Hügel mit erhobenen Flügeln standen auf Hügeln.
Sie ritten die Lichtwellen,
Die wiegten die Wispermuschel

Und wuschen und wuschen sein Auge.
Wuschen von seinem Ohr
Alles, außer dem Gelächter der Füchse.

Rhododendrons

Dripped a chill virulence
Into my nape –
Rubberized prison-wear of suppression!

Guarding and guarded by
The Council's black
Forbidding forbidden stones.

The policeman's protected leaf!

Detestable evergreen sterility!
Over dead acid gardens
Where blue widows, shrined in Sunday, shrank

To arthritic clockwork,
Yapped like terriers and shook sticks from doorways
Vast and black and proper as museums.

Cenotaphs and the moor-silence!
Rhododendrons and rain!
It is all one. It is over.

Evergloom of official titivation –
Uniform at the reservoir, and the chapel,
And the graveyard park,

Ugly as a brass-band in India.

Rhododendren

Tropften eine kühle Giftigkeit
In meinen Nacken –
Gummierte Gefängniskleidung der Unterdrückung!

Bewachen und werden bewacht von
Den schwarzen, verbieterischen Verbots-
Steinen der Gemeindeverwaltung.

Blatt unter Polizeischutz!

Abscheuliche, immergrüne Unfruchtbarkeit!
Über toten, sauren Gärten,
Wo blaue Witwen, eingeschreint in ihrem Sonntag, zusammenschnurrten

Zu arthritischem Uhrwerk,
Kläffend wie Terrier, und mit dem Stock drohten vor ihrer Einfahrt,
Schwarz und monumental und ordentlich wie ein Museum.

Scheingräber und Moorruhe!
Rhododendren und Regen!
Es ist alles eins. Es ist vorbei.

Immerdüsternis, behördlich aufgeputzt –
Uniform am Wasserbehälter und an der Kapelle
Und am Friedhofspark,

Häßlich wie eine Blaskapelle in Indien.

Emily Brontë

The wind on Crow Hill was her darling.
His fierce, high tale in her ear was her secret.
But his kiss was fatal.

Through her dark Paradise ran
The stream she loved too well
That bit her breast.

The shaggy sodden king of that kingdom
Followed through the wall
And lay on her love-sick bed.

The curlew trod in her womb.

The stone swelled under her heart.

Her death is a baby-cry on the moor.

Emily Brontë

Der Wind über Crow Hill war ihr Geliebter.
Sein wild erhabenes Märchen in ihrem Ohr war ihr Geheimnis.
Aber sein Kuß war tödlich.

Durch ihr dunkles Paradies floß
Der Strom, den sie zu sehr liebte
Der biß in ihre Brust.

Der zerzauste, tropfnasse König dieses Königreichs
Folgte ihr durch die Wand
Und lag auf dem Bett ihres Liebesleids.

Der Brachvogel trat in ihrem Leib.

Der Stein schwoll unter ihrem Herzen.

Ihr Tod ist ein Babyschrei übers Moor.

Rain

Rain. Floods. Frost. And after frost, rain.
Dull roof-drumming. Wraith-rain pulsing across purplebare woods
Like light across heaved water. Sleet in it.
And the poor fields, miserable tents of their hedges.
Mist-rain off-world. Hills wallowing
In and out of a grey or silvery dissolution. A farm gleaming,
Then all dull in the near drumming. At field-corners
Brown water backing and brimming in grass.
Toads hop across rain-hammered roads. Every mutilated leaf there
Looks like a frog or a rained-out mouse. Cattle
Wait under blackened backs. We drive post-holes.
They half fill with water before the post goes in.
Mud-water spurts as the iron bar slam-burns
The oak stake-head dry. Cows
Tamed on the waste mudded like a rugby field
Stand and watch, come very close for company
In the rain that goes on and on, and gets colder.
They sniff the wire, sniff the tractor, watch. The hedges
Are straggles of gap. A few haws. Every half-ton cow
Sinks to the fetlock at every sliding stride.
They are ruining their field and they know it.
They look out sideways from under their brows which are
Their only shelter. The sunk scrubby wood
Is a pulverized wreck, rain riddles its holes
To the drowned roots. A pheasant looking black
In his waterproofs, bends at his job in the stubble.
The mid-afternoon dusk soaks into
The soaked thickets. Nothing protects them.
The fox corpses lie beaten to their bare bones,
Skin beaten off, brains and bowels beaten out.
Nothing but their blueprint bones last in the rain,
Sodden soft. Round their hay racks, calves
Stand in a shine of mud. The gateways

Regen

Regen. Fluten. Frost. Und nach dem Frost: Regen.
Dumpfes Trommeln auf dem Dach. Geisterregen pulst quer über glanzlose Wälder
Wie Licht über bewegtem Wasser. Schneeregen darunter.
Und armselig die Felder, ihre Hecken ein Elendsgezelt.
Nebelregen außerhalb der Welt. Hügel suhlen sich
In graue oder silberfarbene Auflösung und wieder heraus. Ein Gehöft glänzt auf,
Dann trübt alles wieder im nahen Getrommel. An Feldrändern
Staut sich braunes Wasser und läuft über ins Gras.
Kröten hüpfen über Straßen, die der Regen hämmert. Jedes verstümmelte Blatt
darauf
Sieht aus wie ein Frosch oder eine obdachlos-geregnete Maus. Vieh
Wartet unter schwarz gewordenen Rücken. Wir setzen Pfosten.
Die Löcher laufen halb zu, bevor die Stange drinsitzt:
Dreckwasser spritzt, wenn die Eisenramme
Den eichenen Stangenkopf heiß trockenschlägt.
Gebändigt von der Ödnis, die vermatscht ist wie ein Rugbyfeld,
Stehn Kühe da und schaun, drängen sehr nah heran, um Gesellschaft zu haben
Im Regen, der anhält und anhält und kälter wird.
Sie schnuppern am Draht, schnuppern am Traktor, schaun. Die Hecken
Sind versprengte Lücken. Ein paar Mehlbeeren dazwischen. Jede der
halbtonnenschweren Kühe
Sinkt ein bis an die Fesseln bei jedem wegrutschenden Tritt.
Sie machen ihre Felder kaputt, und sie wissen es.
Sie schauen seitlich unter ihren Brauen hervor, die ihr
Einziger Schutz sind. Der versunkene struppige Wald
Ist ein zertrümmertes Wrack, Regen durchsiebt seine Löcher
Bis auf die ertrunkenen Wurzeln. Ein Fasan schaut düster
Aus seinem Regenkleid, beugt sich zur Arbeit in die Stoppeln.
Die nachmittägliche Dämmerung sickert ins
Vollgesogene Dickicht. Nichts da, es zu schützen.
Die Fuchsleichen liegen herum, zerschlagen bis auf die Knochen.
Weggefetzt die Haut, Hirn und Därme rausgehauen.
Nur ihre Knochen bleiben im Regen wie Blaupausen,
Durchweichen sanft. Um ihre Heuraufen stehn Kälber
Im Widerschein von Schlamm. Die Torwege sind

Are deep obstacles of mud. The calves look up, through plastered forelocks,
Without moving. Nowhere they can go
Is less uncomfortable. The brimming world
And the pouring sky are the only places
For them to be. Fieldfares squeal over, sodden
Toward the sodden wood. A raven,
Cursing monotonously, goes over fast
And vanishes in rain-mist. Magpies
Shake themselves hopelessly, hop in the spatter. Misery.
Surviving green of ferns and brambles is tumbled
Like an abandoned scrapyard. The calves
Wait deep beneath their spines. Cows roar
Then hang their noses to the mud.
Snipe go over, invisible in the dusk,
With their squelching cries.

4 December 1973

Tiefe Hindernisse aus Schlamm. Die Kälber schaun auf durch angeklebte
Stirnlocken,
Regen sich nicht. Nirgends, wo sie hinkönnten,
Ist es weniger ungemütlich. Die überlaufende Welt
Und der überströmende Himmel sind die einzigen Orte,
Wo sie sein können. Krammetsvögel kreischen vorüber, durchnäßt
Auf den durchnäßten Wald zu. Ein Rabe
Flucht monoton, zieht rasch vorbei
Und verschwindet im Regennebel. Hoffnungslos
Schütteln sich Elstern, hüpfen herum im Geplatsche. Elend.
Das überlebende Grün von Farnen und Brombeeren ist so durcheinander
Wie ein verlassener Schrottplatz. Die Kälber
Warten tief unter ihren Rückgraten. Kühe brüllen
Und hängen ihre Nasen auf den Schlamm.
Schnepfen streifen vorüber, im Halbdunkel unsichtbar,
Mit ihren platschenden Schreien.

4. Dezember 1973

Dehorning

Bad-tempered bullying bunch, the horned cows
Among the unhorned. Feared, spoilt.
Cantankerous at the hay, at assemblies, at crowded
Yard operations. Knowing their horn-tips' position
To a fraction, every other cow knowing it too.
Like their own tenderness. Horning of bellies, hair-tufting
Of horn-tips. Handy levers. But
Off with the horns.
So there they all are in the yard –
The pick of the bullies, churning each other
Like thick fish in a bucket, churning their mud.
One by one, into the cage of the crush: the needle,
A roar not like a cow – more like a tiger,
Blast of air down a cavern, and long, long
Beginning in pain and ending in terror – then the next.
The needle between the horn and the eye, so deep
Your gut squirms for the eyeball twisting
In its pink-white fastenings of tissue. This side and that.
Then the first one anaesthetized, back in the crush.
The bulldog pincers in the septum, stretched full strength,
The horn levered right over, the chin pulled round
With the pincers, the mouth drooling, the eye
Like a live eye caught in a pan, like the eye of a fish
Imprisoned in air. Then the cheese cutter
Of braided wire, and stainless steel peg handles,
Aligned on the hair-bedded root of the horn, then leaning
Backward full weight, pull-punching backwards,
Left right left right and the blood leaks
Down over the cheekbone, the wire bites
And buzzes, the ammonia horn-burn smokes
And the cow groans, roars shapelessly, hurls
Its half-ton commotion in the tight cage. Our faces
Grimace like faces in the dentist's chair. The horn

Enthornen

Böswilliges Schinderpack, die gehörnten Kühe
Unter den ungehörnten. Gefürchtet, verzogen.
Streitsüchtig beim Heu, beim Zusammentrieb, bei größeren
Pfercharbeiten. Sie kennen die Stellung ihrer Hörnerspitzen
Bis zum Bruch, und jede andere Kuh kennt sie auch.
So gut wie ihre ganz besondere Zärtlichkeit. Bäuche auf Hörner nehmen,
haarbüschelt
Die Hörnerspitzen. Handlich als Hebel. Aber jetzt
Weg mit den Hörnern.
Deshalb sind sie alle im Hof –
Die besten der Rinder mischen einander auf,
Wie dicke Fische im Eimer den Schlamm aufmischen.
Eine nach der anderen in den Käfig des Notstands: die Nadel,
Ein Brüllen, nicht wie das einer Kuh – mehr das eines Tigers,
Ein Luftstoß, der eine Höhle hinunterfegt, und lang, lang,
Es fängt an mit Schmerz und endet in Entsetzen – dann die nächste.
Die Nadel sticht zwischen Horn und Auge, so tief, daß
Deine Därme sich zusammenziehn, weil der Augapfel sich
In seiner rosa-weißen Gewebehalterung umdreht. Diese Seite und die andere.
Dann ist die erste betäubt, zurück in den Notstand.
Die Bullbeißzange ins Septum, mit ganzer Kraft gehalten,
Das Horn stracks umgehebelt, das Kinn herumgezogen
Mit der Zange, das Maul sabbert, das Auge sieht aus
Wie ein lebendes Auge aufgefangen in einer Pfanne, wie das Auge eines Fischs
Eingesperrt in Luft. Dann der Käseschneider
Aus Sägedraht und rostfreie Stahlpflockgriffe,
Angelegt an die ins Haar gebettete Hornwurzel, und zurückgelehnt
Mit ganzer Kraft, Zug – Schwung zurück,
Links, rechts, links, rechts, und das Blut läuft
Hinunter über die Wangenknochen, der Draht beißt
Und summt, der Ammoniak-Hornbrand raucht,
Und die Kuh stöhnt, brüllt ungestalt, wirft
Ihren Halbtonnen-Aufruhr in der Enge des Käfigs hin und her. Unsere Gesichter
Verziehen sich wie Gesichter im Zahnarztstuhl. Das Horn

Rocks from its roots, the wire pulls through
The last hinge of hair, the horn is heavy and free,
And a water-pistol jet of blood
Rains over the one who holds it – a needle jet
From the white-rasped and bloody skull-crater. Then tweezers
Twiddle the artery nozzle, knotting it enough,
And purple antiseptic squirts a cuttlefish cloud over it.
Then the other side the same. We collect
A heap of horns. The floor of the crush
Is a trampled puddle of scarlet. The purple-crowned cattle,
The bullies, with suddenly no horns to fear,
Start ramming and wrestling. Maybe their heads
Are still anaesthetized. A new order
Among the hornless. The bitchy high-headed
Straight-back brindle, with her Spanish bull trot,
And her head-shaking snorting advance and her crazy spirit,
Will have to get maternal. What she's lost
In weapons, she'll have to make up for in tits.
But they've all lost one third of their beauty.

14 May 1974

Wankt auf seiner Wurzel, der Draht zieht durch
Die letzte Haarfaser, das Horn fällt schwer und los,
Und ein Wasserpistolenstrahl Blut
Trifft den, der es hält – ein nadelfeiner Strahl
Aus dem weißgeraspelten, blutigen Schädelkrater. Dann verzwirbeln
Pinzetten den Arterienstumpf, verknoten ihn ausreichend,
Und purpurnes Antiseptikum sprüht wie eine Tintenfischwolke darüber.
Dann das Gleiche auf der anderen Seite. Wir lesen
Einen Stapel Hörner auf. Der Boden des Notstands
Ein zertrampelter scharlachroter Matsch. Das purpurgekrönte Vieh,
Die Rinder, die plötzlich keine Hörner mehr fürchten müssen,
Fangen an zu rempeln und zu rangeln. Vielleicht sind ihre Köpfe
Immer noch betäubt. Eine neue Ordnung
Unter den Hornlosen. Die biestige, hochnäsige,
Hinterlistige Schecke mit ihrem spanischen Bullen-Gang,
Ihrem kopfschüttelnden, verächtlichen Überlegenheitsgetue und ihrem
durchgedrehten Temperament
Wird nun mütterlich werden müssen. Was sie verloren hat
An Waffen, muß sie mit Titten wettmachen.
Aber alle haben sie ein Drittel ihrer Schönheit verloren.

14. Mai 1974

Sketching a Thatcher

Bird-bones is on the roof. Seventy-eight
And still a ladder squirrel,
Three or four nitches at a time, up forty rungs,
Then crabbing out across the traverse,
Cock-crows of insulting banter, liberated
Into his old age, like a royal fool
But still tortured with energy. Thatching
Must be the sinless job. Weathered
Like a weathercock, face bright as a ploughshare,
Skinny forearms of steely cable, batting
The reeds flush, crawling, cliff-hanging,
Lizard-silk of his lizard-skinny hands,
Hands never still, twist of body never still –
Bounds in for a cup of tea, ›Caught you all asleep!‹
Markets all the gossip – cynical old goblin
Cackling with wicked joy. Bounds out –
Trips and goes full length, bounces back upright,
›Haven't got the weight to get hurt with!‹ Cheers
Every departure – ›Off for a drink?‹ and ›Off
To see his fancy woman again!‹ – leans from the sky,
Sun-burned-out pale eyes, eyes bleached
As old thatch, in the worn tool of his face,
In his haggard pants and his tired-out shirt –
They can't keep up with him. He just can't
Stop working. ›I don't want the money!‹ He'd
Prefer a few years. ›Have to sell the house to pay me!‹
Alertness built into the bird-stare,
The hook of his nose, bill-hook of his face.
Suns have worn him, like an old sun-tool
Of the day-making, an old shoe-tongue
Of the travelling weathers, the hand-palm, ageless,
Of all winds on all roofs. He lams the roof
And the house quakes. Was everybody

Einen Strohdachdecker skizzieren

Vogelknochen ist auf dem Dach. Achtundsiebzig
Und immer noch ein Fex auf der Leiter.
Drei oder vier Breschen aufeinmal, vierzig Sprossen hoch.
Krabbelt dann raus über die Traversen,
Läßt unverschämte Hänseleien los wie Hahnenschreie, frei
Im hohen Alter wie ein königlicher Narr,
Aber immer noch gefoltert vom inneren Feuer. Strohdachdecken
Muß der Beruf ohne Sünde sein. Verwittert
Wie ein Wetterhahn, Gesicht hell wie eine Pflugschar,
Spindeldürr die Unterarme aus Stahlkabel, schlägt
Das Stroh platt, kriecht, hängt ins Leere,
Eidechsenseidig seine eidechsenhäutigen Hände,
Rastlos die Hände, rastlos die Körperdrehungen –
Springt rein auf eine Tasse Tee, ›Hab euch alle beim Schlafen erwischt!‹
Verbreitet allen Klatsch – zynischer alter Kobold
Gackert vor boshafter Freude. Springt raus –
Stolpert und fällt lang hin, hüpft wieder hoch,
›Bin nicht schwer genug, mir weh zu tun!‹ Prostet
Jedem hinterher, der weggeht – ›Unterwegs auf ein Bier?‹ und ›Wieder
Auf'm Trip zu seiner Klassefrau!‹ – lehnt sich vom Himmel,
Von Sonne ausgebrannt die blassen Augen, Augen gebleicht
Wie altes Stroh im abgearbeiteten Werkzeug seines Gesichts,
In seinen verhärmten Hosen, dem ausgedienten Hemd –
Sie können's nicht mit ihm aufnehmen. Er kann einfach nicht
Aufhören mit der Arbeit. ›Das Geld ist mir egal!‹ Ihm
Wären noch ein paar Jahre lieber. ›Müßt das Haus verkaufen, mich zu bezahlen!‹
Wachsamkeit eingebaut in den Vogelstarrblick,
Der Haken seiner Nase, Hippe seines Gesichts.
Sonnen haben ihn verbraucht wie ein altes Sonnenwerkzeug
Zum Tag-Machen, eine Schuhlasche, altgeworden
Mit den ziehenden Wettern, die alterslose Handfläche
Aller Winde auf allen Dächern. Er haut auf das Dach,
Und das Haus bebt. War jeder

Once like him? He's squirmed through
Some tight cranny of natural selection.
The nut-stick yealm-twist's got into his soul,
He didn't break. He's proof
As his crusty roofs. He ladder-dances
His blood light as spirit. His muscles
Must be clean as horn.
And the whole house
Is more pleased with itself, him on it,
Cresting it, and grooming it, and slapping it
Than if an eagle rested there. Sitting
Drinking his tea, he looks like a tatty old eagle,
And his yelping laugh of derision
Is just like a tatty old eagle's.

Mal so wie er? Er hat sich durch
Irgendwelche engen Ritzen der natürlichen Auslese gezwängt.
Der hirnrissige Dreh mit dem Dachstroh ist ihm in die Seele gefahren,
Er ist nicht daran kaputtgegangen. Er ist so dicht
Wie seine rauhschaligen Dächer. Er tanzt auf der Leiter
Sein Blut leicht wie Spiritus. Seine Muskeln
Müssen glatt sein wie Horn.
Und das ganze Haus
Gefällt sich selbst besser mit ihm obendrauf:
Der es krönt, es pflegt und schlägt,
Als wenn ein Adler darauf ruhte. Wie er dasitzt und
Seinen Tee trinkt, sieht er aus wie ein alter, tattriger Adler,
Und sein schrilles Hohngelächter
Ist grad das eines tattrigen, alten Adlers.

The Day He Died

Was the silkiest day of the young year,
The first reconnaissance of the real spring,
The first confidence of the sun.

That was yesterday. Last night, frost.
And as hard as any of all winter.
Mars and Saturn and the Moon dangling in a bunch
On the hard, littered sky.
Today is Valentine's day.

Earth toast-crisp. The snowdrops battered.
Thrushes spluttering. Pigeons gingerly
Rubbing their voices together, in stinging cold.
Crows creaking, and clumsily
Cracking loose.

The bright fields look dazed.
Their expression is changed.
They have been somewhere awful
And come back without him.

The trustful cattle, with frost on their backs,
Waiting for hay, waiting for warmth,
Stand in a new emptiness.

From now on the land
Will have to manage without him.
But it hesitates, in this slow realization of light,
Childlike, too naked, in a frail sun,
With roots cut
And a great blank in its memory.

Der Tag, an dem er starb

War der seidigste Tag des jungen Jahres,
Die erste Erkundung des wirklichen Frühlings,
Die erste Vertraulichkeit der Sonne.

Das war gestern. Letzte Nacht: Frost.
Beinhart wie jeder dieses Winters.
Mars und Saturn und der Mond hingen in einem Pack
Am gefühllosen, ungeordneten Himmel.
Heute ist Valentinstag.

Die Erde mürb wie Toast. Die Schneeglöckchen zerfleddert.
Drosseln plappern. Tauben wischen sachte
Ihre Stimmen ineinander in stechender Kälte.
Krähen kreischen auf, und unbeholfen bricht
Ihr Schrei ab.

Die hellen Felder schaun betäubt drein.
Ihr Ausdruck ist anders geworden.
Irgendwo waren sie, wo es schrecklich war,
Und sind zurückgekommen ohne ihn.

Das zutrauliche Vieh, Frost auf dem Rücken,
Wartet auf Heu, wartet auf Wärme,
Steht da in einer neuen Leere.

Von heute an muß das Land
Ohne ihn auskommen.
Doch es zaudert in diesem mählichen Wirklichwerden des Lichts,
Kindhaft, allzu nackt, in einer schwachen Sonne,
Mit gekappten Wurzeln
Und einer großen Leerstelle in seinem Gedächtnis.

Earth-Numb

Dawn – a smouldering fume of dry frost.
Sky-edge of red-hot iron.
Daffodils motionless – some fizzled out.
The birds – earth-brim simmering.
Sycamore buds unsticking – the leaf out-crumpling, purplish.

The pheasant cock's glare-cry. Jupiter ruffling softly.

Hunting salmon. And hunted
And haunted by apparitions from tombs
Under the smoothing tons of dead element
In the river's black canyons.

The lure is a prayer. And my searching –
Like the slow sun.
A prayer, like a flower opening.
A surgeon operating
On an open heart, with needles –

And bang! the river grabs at me

A mouth-flash, an electrocuting malice
Like a trap, trying to rip life off me –
And the river stiffens alive,
The black hole thumps, the whole river hauls
And I have one.

A piling voltage hums, jamming me stiff –
Something terrified and terrifying
Gleam-surges to and fro through me
From the river to the sky, from the sky into the river
Uprooting dark bedrock, shatters it in air,
Cartwheels across me, slices thudding through me
As if I were the current –

Erdbenommen

Dämmerung – ein schwelender Dunst trockenen Frosts.
Himmelsrand rotglühendes Eisen.
Narzissen reglos – einige ausgeperlt.
Die Vögel – überbrodelnder Erdrand.
Sykomorenblüten lösen sich – das Blattwerk schrumpelt hervor, purpurerrötelt.

Grellgeschrei des Fasanenmännchens. Jupiter plustert sich sanft.

Salm-Jagen. Und gejagt
Und heimgesucht von Erscheinungen aus Gräbern
Unter den glättenden Tonnen toten Elements
In den Schwarzschluchten des Flusses.

Der Köder ist ein Gebet. Und mein Suchen –
Wie die langsam hinziehende Sonne.
Ein Gebet wie eine Blume, die sich öffnet.
Wie ein Chirurg, der operiert
Am offenen Herzen, mit Nadeln –

Und rums! greift der Fluß nach mir.

Ein Maul-Blitz, eine mit Strom tötende Boshaftigkeit
Wie eine Falle, versucht mir das Leben zu entreißen –
Und der Fluß wird lebend starr.
Das schwarze Loch tut einen Schlag, der ganze Fluß zieht an,
Und ich habe einen.

Eine aufwachsende Stromspannung summt, klemmt mich fest –
Etwas Entsetztes und Entsetzliches
Wogt als Schimmer auf und ab, durch mich hindurch
Vom Fluß zum Himmel, vom Himmel zurück in den Fluß,
Wirft dunkles Flußgestein auf, versprüht es in der Luft,
Schlägt Rad über mich, durchschneidet mich dröhnend,
Als wär ich der Strom –

Till the fright flows all one way down the line

And a ghost grows solid, a hoverer,
A lizard green slither, banner heavy –

Then the wagging stone pebble head
Trying to think on shallows –

Then the steel spectre of purples
From the forge of water
Gagging on emptiness

As the eyes of incredulity
Fix their death-exposure of the celandine and the cloud.

Bis die Angst in eine Richtung abfließt durch die Schnur

Und ein Geist fest wird, ein Herumtreiber,
Ein eidechsgrüner Dahingleiter mit erstklassigem Gewicht –

Dann der Kieselstein-Kopf, zappelnd,
Wie er sich müht, im Seichten zu denken –

Dann die Erscheinung aus Stahl und Purpurfarbe
Aus der Wasseresse:
Sie würgt über der Leere

Indem die Augen voll Unglauben
Die Inszenierung des Tods von Schöllkraut und Wolke fixieren.

A Motorbike

We had a motorbike all through the war
In an outhouse – thunder, flight, disruption
Cramped in rust, under washing, abashed, outclassed
By the Brens, the Bombs, the Bazookas elsewhere.

The war ended, the explosions stopped.
The men surrendered their weapons
And hung around limply.
Peace took them all prisoner.
They were herded into their home towns.
A horrible privation began
Of working a life up out of the avenues
And the holiday resorts and the dance-halls.

Then the morning bus was as bad as any labour truck,
The foreman, the boss, as bad as the S.S.
And the ends of the street and the bends of the road
And the shallowness of the shops and the shallowness of the beer
And the sameness of the next town
Were as bad as electrified barbed wire
The shrunk-back war ached in their testicles
And England dwindled to the size of a dog-track.

So there came this quiet young man
And he bought our motorbike for twelve pounds.
And he got it going, with difficulty.
He kicked it into life – it erupted
Out of the six-year sleep, and he was delighted.

A week later, astride it, before dawn,
A misty frosty morning,
He escaped

Into a telegraph pole
On the long straight west of Swinton.

Ein Motorrad

Den ganzen Krieg hindurch hatten wir ein Motorrad
In einem Schuppen – Donner, Flucht, Verfall,
Eingezwängt in Rost, unter Wäsche, gedemütigt, deklassiert
Von den MGs, den Bomben und den Bazookas anderswo.

Der Krieg war zu Ende, die Detonationen hörten auf.
Die Männer gaben ihre Waffen ab
Und hingen schlaff herum.
Sie alle nahm der Friede gefangen.
Sie wurden in ihre Heimatstädte gepfercht.
Ein schrecklicher Entzug nahm seinen Anfang:
Ein Leben zu schaffen aus den Straßen,
Den Urlaubsorten und den Tanzsälen.

Da war der Morgenbus so schlimm wie irgendein Armee-Lastwagen,
Der Vorarbeiter, der Chef so schlimm wie die SS,
Und das Ende der Straßen und die Kurven der Landstraßen
Und die Seichtigkeit der Läden und die Seiche des Biers
Und die immergleiche nächste Stadt
Waren so schlimm wie elektrischer Stacheldraht.
Der kleingeschrumpfte Krieg schmerzte in ihren Hoden.
Und England verfiel zur Größe einer Hunderennbahn.

Dann kam dieser ruhige junge Mann
Und kaufte unser Motorrad für zwölf Pfund,
Und er brachte es zum Laufen – mit Schwierigkeiten.
Er trat es ins Leben – es explodierte
Aus seinem sechsjährigen Schlaf, und er war begeistert.

Eine Woche später saß er darauf, vor Tagesanbruch,
An einem neblig-frostigen Morgen
Brach er aus

In einen Telegrafenmast
Auf der langen Geraden westlich von Swinton.

Deaf School

The deaf children were monkey-nimble, fish-tremulous and sudden.
Their faces were alert and simple
Like faces of little animals, small night lemurs caught in the flash-light.
They lacked a dimension,
They lacked a subtle wavering aura of sound and responses to sound.
The whole body was removed
From the vibration of air, they lived through the eyes,
The clear simple look, the instant full attention.
Their selves were not woven into a voice
Which was woven into a face
Hearing itself, its own public and audience,
An apparition in camouflage, an assertion in doubt –
Their selves were hidden, and their faces looked out of hiding.
What they spoke with was a machine,
A manipulation of fingers, a control-panel of gestures
Out there in the alien space
Separated from them –

Their unused faces were simple lenses of watchfulness
Simple pools of earnest watchfulness

Their bodies were like their hands
Nimbler than bodies, like the hammers of a piano,
A puppet agility, a simple mechanical action
A blankness of hieroglyph
A stylized lettering
Spelling out approximate signals

While the self looked through, out of the face of simple concealment
A face not merely deaf, a face in darkness, a face unaware,
A face that was simply the front skin of the self concealed and separate

Taubstummenschule

Die taubstummen Kinder waren affenartig behend, ängstlich wie Fische und abrupt.
Ihre Gesichter waren wach und klar
Wie die Gesichter junger Tiere, kleine Nachtlemuren, die ein Blitzlicht erwischt hat.
Eine Dimension fehlte ihnen,
Ihnen fehlte die fein wogende Aura von Klang und Widerklang.
Der ganze Körper war herausgenommen
Aus dem Vibrieren der Luft, sie lebten durch die Augen,
Den klaren einfachen Blick, den Augenblick voll Aufmerksamkeit.
Ihr Ich war nicht eingewoben in eine Stimme,
Die in ein Gesicht eingewoben war,
Das sich selbst hört, sein eigner Zuschauer und Zuhörer,
Eine getarnte Erscheinung, eine Behauptung voll Zweifel –
Ihr Ich war versteckt, und ihre Gesichter schauten aus dem Versteck.
Eine Maschine wars, mittels derer sie sprachen,
Eine Fingermanipulation, eine Bedienungsanlage aus Gesten
Da draußen im fremden Raum,
Losgelöst von ihnen –

Ihre unverbrauchten Gesichter waren einfache Linsen der Wachsamkeit,
Einfache Teiche voll ernsthafter Wachsamkeit.

Ihre Körper waren wie ihre Hände
Behender als Körper, wie die Hämmer eines Klaviers,
Von marionettenhafter Lebendigkeit, ein einfacher mechanischer Vorgang,
Hieroglyphenleer,
Eine stilisierte Aufschrift,
Die annähernd richtige Signale zusammenbuchstabierte,

Während ihr Ich hindurchsah, heraus aus dem Gesicht einfachen Verborgenseins,
Einem nicht nur taubstummen Gesicht, einem Gesicht im Dunkel, einem
unbewußten Gesicht,
Einem Gesicht, das einfach nur die Außenhaut des Ichs war: verborgen und für sich.

Life is Trying to be Life

Death also is trying to be life.
Death is in the sperm like the ancient mariner
With his horrible tale.

Death mews in the blankets – is it a kitten?
It plays with dolls but cannot get interested.
It stares at the windowlight and cannot make it out.
It wears baby clothes and is patient.
It learns to talk, watching the others' mouths.
It laughs and shouts and listens to itself numbly.
It stares at people's faces
And sees their skin like a strange moon, and stares at the grass
In its position just as yesterday.
And stares at its fingers and hears: ›Look at that child!‹
Death is a changeling
Tortured by daisy chains and Sunday bells
It is dragged about like a broken doll
By little girls playing at mothers and funerals.
Death only wants to be life. It cannot quite manage.

Weeping it is weeping to be life
As for a mother it cannot remember.

Death and Death and Death, it whispers
With eyes closed, trying to feel life

Like the shout in joy
Like the glare in lightning
That empties the lonely oak.
                                        And that is the death
In the antlers of the Irish Elk. It is the death
In the cave-wife's needle of bone. Yet it still is not death –

Leben versucht, Leben zu sein

Auch Tod versucht, Leben zu sein,
Tod ist im Samen wie der Alte Seemann
Mit seiner grauenhaften Geschichte.

Tod miaut in den Laken – ist er ein Kätzchen?
Er spielt mit Puppen, aber bleibt teilnahmslos.
Er starrt zum Licht im Fenster und kann es nicht ausmachen.
Er trägt Babykleider und ist geduldig.
Er lernt sprechen, indem er andern auf den Mund schaut.
Er lacht und ruft und lauscht sich selbst taub.
Er starrt auf die Gesichter der Leute
Und sieht ihre Haut an wie einen seltsamen Mond und starrt das Gras an,
Das noch am selben Platz ist wie gestern.
Und starrt auf seine Finger und hört: »Guck dir das Kind an!«
Tod ist ein Wechselbalg,
Den Gänseblümchenketten und Sonntagsgeläut quälen.
Er wird herumgeschleppt wie eine zerbrochene Puppe
Von kleinen Mädchen, die Mütter spielen und Begräbnis.
Tod will nur eins: Leben sein. Er bringts nur einfach nicht hin.

Weinen ist er, Weinen ums Leben
Wie nach einer Mutter, an die er sich nicht erinnern kann.

TOD und TOD und TOD, flüstert er
Mit geschlossenen Augen, versucht, Leben zu spüren

Wie den Freudenschrei,
Wie das Gleißen im Blitz,
Der die einsame Eiche leerfegt.
Und das ist der Tod
Im Geweih des irischen Elches. Es ist der Tod
In der Knochennadel der Höhlenbewohnerin. Und doch ist er immer noch nicht
Tod –

Or in the shark's fang which is a monument
Of its lament
On a headland of life.

Oder in den Fängen des Hais, die ein Denkmal sind
Seiner Klage
Auf einer Landzunge des Lebens.

Speech out of Shadow

Not your eyes, but what they disguise

Not your skin, with just that texture and light
But what uses it as cosmetic

Not your nose – to be or not to be beautiful
But what it is the spy for

Not your mouth, not your lips, not their adjustments
But the maker of the digestive tract

Not your breasts
Because they are diversion and deferment

Not your sexual parts, your proffered rewards
Which are in the nature of a flower
Technically treacherous

Not the webs of your voice, your poise, your tempo
Your drug of a million micro-signals

But the purpose.

The unearthly stone in the sun.

The glare
Of the falcon, behind its hood

Tamed now
To its own mystifications

And the fingerings of men.

Rede aus dem Schatten

Nicht deine Augen, aber das, was sie verschleiern

Nicht deine Haut, mit grad dieser Textur und in diesem Licht
Sondern das, was sie als Kosmetik benutzt

Nicht deine Nase – Sein oder Nichtschön-Sein
Sondern das, wofür sie kundschaftet

Nicht dein Mund, nicht deine Lippen, nicht ihre Anordnung
Sondern der Schöpfer des Verdauungstrakts

Nicht deine Brüste
Weil sie Ablenkung meinen und Verzögerung

Nicht deine Geschlechtsteile, der Lohn deiner Verheißungen:
An der Natur einer Blume
Sind sie eigentlich Trug

Nicht die Netze deiner Stimme, deiner Haltung, deines Schwungs
Die Droge deiner Millionen Mikro-Signale

Sondern der Zweck.

Der unirdische Stein in der Sonne.

Das Funkeln
Des Falken hinter seiner Haube

Gezähmt nun
Für seine eignen Verrätselungen

Und dem Fingerwirken von Männern.

Tiger-Psalm

The tiger kills hungry. The machine-guns
Talk, talk, talk across their Acropolis.
The tiger
Kills expertly, with anaesthetic hand.
The machine-guns
Carry on arguing in heaven
Where numbers have no ears, where there is no blood.
The tiger
Kills frugally, after close inspection of the map.
The machine-guns shake their heads,
They go on chattering statistics.
The tiger kills by thunderbolt:
God of her own salvation.
The machine-guns
Proclaim the Absolute, according to morse,
In a code of bangs and holes that makes men frown.
The tiger
Kills with beautiful colours in her face,
Like a flower painted on a banner.
The machine-guns
Are not interested.
They laugh. They are not interested. They speak and
Their tongues burn soul-blue, haloed with ashes,
Puncturing the illusion.
The tiger
Kills and licks her victim all over carefully.
The machine-guns
Leave a crust of blood hanging on the nails
In an orchard of scrap-iron.
The tiger
Kills
With the strength of five tigers, kills exalted.
The machine-guns

Tiger-Psalm

Der Tiger tötet aus Hunger. Die Maschinengewehre
Red-et-et-en über ihre Akropolis.
Der Tiger
Tötet fachmännisch, mit einer Anästhesistenhand.
Die Maschinengewehre
Rechten weiter im Himmel,
Wo Zahlen keine Ohren haben, wo es kein Blut gibt.
Der Tiger
Tötet genügsam, nach genauem Studium der Landkarte.
Die Maschinengewehre schütteln ihre Köpfe,
Beschwätzen weiter Statistik.
Der Tiger tötet mit Donnerschlag:
Gott seiner eignen Erlösung.
Die Maschinengewehre
Proklamieren das Absolute entsprechend dem Morsealphabet
In einem Code von Krachen und Löchern, der Menschen finster schauen läßt.
Der Tiger
Tötet mit wunderschönen Farben im Antlitz,
Wie eine Blume gezeichnet auf ein Banner.
Die Maschinengewehre
Sind teilnahmslos.
Sie lachen. Sind teilnahmslos. Sie sprechen und
Ihre Zungen brennen seelenblau, mit Heiligenscheinen aus Asche
Und durchlöchern die Illusion.
Der Tiger
Tötet und leckt sein Opfer ganz sorgfältig ab.
Die Maschinengewehre
Lassen eine Blutkruste zurück: die hängt an den Nägeln
In einem Obstgarten aus Schrott.
Der Tiger
Tötet
Mit der Kraft von fünf Tigern, tötet außer sich.
Die Maschinengewehre

Permit themselves a snigger. They eliminate the error
With a to-fro dialectic
And the point proved stop speaking.
The tiger
Kills like the fall of a cliff, one-sinewed with the earth,
Himalayas under eyelid, Ganges under fur –

Does not kill.

Does not kill. The tiger blesses with a fang.
The tiger does not kill but opens a path
Neither of Life nor of Death:
The tiger within the tiger:
The Tiger of the Earth.
O Tiger!
O Sister of the Viper!
O Beast in Blossom!

Gestatten sich ein Kichern. Sie vernichten den Irrtum
Mit einer Hin-und-her-Dialektik –
Hörn auf dem Punkt auf zu reden.
Der Tiger
Tötet wie der Sturz einer Klippe, ein Herz und eine Seele mit der Erde,
Himalaya unterm Lid, Ganges unterm Fell –

Tötet nicht.

Tötet nicht. Der Tiger segnet mit einem Fang.
Der Tiger tötet nicht, öffnet vielmehr einen Pfad,
Weder zum Leben noch zum Tod.
Der Tiger im Tiger:
Der Tiger der Erde.
O Tiger!
O Geschwister der Viper!
O Bestie in Blüte!

Poets

Crowd the horizons, poised, wings
Lifted in elation, vast
Armadas of illusion
Waiting for a puff.

Or they dawn, singing birds – all
Mating calls
Battle bluff
And crazy feathers.

Or disappear
Into the grass-blade atom – one flare
Annihilating the world
To the big-eyed, simple light that fled

When the first word lumped out of the flint.

Dichter

Bevölkern die Horizonte, schwebend, die Flügel
Erhoben in hohem Mut, riesige
Armadas der Illusion
Warten auf einen Puff.

Oder sie dämmern, singende Vögel – alles
Paarungsrufe
Kriegs-Bluff
Und verrückte Federn.

Oder verschwinden
Ins Grashalm-Atom – mit einem Aufflackern
Verneinen sie die Welt
Zum großäugigen, einfachen Licht, das sich davonmachte

Als das erste Wort aus dem Feuerstein plumpste.

Grosse Fuge

Rouses in its cave
Under faint peaks of light

Flares abrupt at the sun's edge, dipping again
This side of the disc
Now coming low out of the glare

Coming under skylines
Under seas, under liquid corn
Snaking among poppies

Soft arrival pressing the roof of ghost
Creaking of old foundations
The ear cracking like a dry twig

Heavy craving weight
Of eyes on your nape
Unadjusted to world

Huge inching through hair, through veins
Tightening stealth of blood
Breath in the tunnel of spine

And the maneater
Opens its mouth and the music
Sinks its claw
Into your skull, a single note

Picks you up by the small of the back, weightless
Vaults into space, dangling your limbs

Devours you leisurely among litter of stars
Digests you into its horrible joy
This is the tiger of heaven

Große Fuge

Erwacht in ihrer Höhle
Unter schwachen Lichtspitzen

Flackert jäh hoch am Sonnenrand, taucht wieder ein auf
Dieser Seite der Scheibe
Kommt nun tief aus dem Glänzen

Kommt unter Horizonten
Unter Meeren, unter flüssigem Korn
Schlängelt sich zwischen Mohnblumen

Kommt sanft an, drückt auf das Dach des Geists
Zerknirscht alte Grundlagen
Zerknackt das Ohr wie einen trockenen Zweig

Schweres, sehnsüchtiges Gewicht
Von Augen auf deinem Nacken
Nicht abgestimmt auf die Welt

Kriecht gewaltig durchs Haar, durch Venen
Verdickt die Heimlichkeit des Bluts
Atem in der Röhre des Rückgrats

Und der Menschenfresser
Öffnet seinen Mund, und die Musik
Senkt ihre Klauen
In deinen Schädel, eine einzelne Note

Hebt dich am Kreuz hoch, schwingt sich
Gewichtlos in den Weltraum, schlenkert mit deinen Gliedern

Verzehrt dich gemütlich zwischen Sternenstreu
Verdaut dich in ihre schreckliche Lust:
Tiger des Himmels

Hoists people out of their clothes

Leaves its dark track across the octaves

Hievt Leute aus ihren Kleidern

Hinterläßt seine dunkle Spur quer über den Oktaven.

Children

new to the blood
Whose hot push has surpassed
The sabretooth
Never doubt their rights of conquest.

Their voices, under the leaf-dazzle
An occupying army
A foreign tongue
Loud in their idleness and power.

Figures in the flaming of hell
A joy beyond good and evil
Breaking their toys.

Soon they'll sleep where they struck.
They'll leave behind
A man like a licked skull
A gravestone woman, their playthings.

Kinder

neu für das Blut
Dessen heißer Druck
Den Säbelzahn überstiegen hat
Zweifeln nie an ihrem Eroberungsrecht.

Ihre Stimmen unter der Blättertarnung
Sind eine Besatzungsarmee
Eine fremde Sprache
Laut in ihrer Ziellosigkeit und Kraft.

Figuren im Flammen der Hölle
Eine Lust jenseits von Gut und Böse
Die ihr Spielzeug kaputtmacht.

Bald werden sie auf der Stelle einschlafen, wo sie zugeschlagen haben.
Zurück lassen sie
Einen Mann wie einen durchgeprügelten Schädel
Eine Grabsteinfrau – ihre Spielsachen.

Prospero and Sycorax

She knows, like Ophelia,
The task has swallowed him.
She knows, like George's dragon,
Her screams have closed his helmet.

She knows, like Jocasta,
It is over.
He prefers
Blindness.

She knows, like Cordelia,
He is not himself now,
And what speaks through him must be discounted –
Though it will be the end of them both.

She knows, like God,
He has found
Something
Easier to live with –

His death, and her death.

Prospero und Sycorax

Sie weiß, wie Ophelia:
Die Aufgabe hat ihn verschlungen.
Sie weiß, wie der Georgsdrache:
Ihre Schreie haben seinen Helm geschlossen.

Sie weiß, wie Jokaste:
Es ist vorbei.
Er zieht
Blindheit vor.

Sie weiß, wie Cordelia:
Er ist nicht mehr er selbst,
Und was durch ihn redet, darf man nur halb glauben –
Obwohl es für beide das Ende bedeutet.

Sie weiß, wie Gott:
Gefunden hat er
Etwas,
Womit es leichter ist zu leben –

Seinen Tod und ihren Tod.

A God

Pain was pulled down over his eyes like a fool's hat.
They pressed electrodes of pain through the parietals.

He was helpless as a lamb
Which cannot be born
Whose head hangs under its mother's anus.

Pain was stabbed through his palm, at the crutch of the M,
Made of iron, from earth's core.
From that pain he hung,
As if he were being weighed.
The cleverness of his fingers availed him
As the bullock's hooves, in the offal bin,
Avail the severed head
Hanging from its galvanized hook.

Pain was hooked through his foot.
From that pain, too, he hung
As on display.
His patience had meaning only for him
Like the sanguine upside-down grin
Of a hanging half-pig.

There, hanging,
He accepted the pain beneath his ribs
Because he could no more escape it
Than the poulterer's hanging hare,
Hidden behind eyes growing concave,
Can escape
What has replaced its belly.

He could not understand what had happened.

Or what he had become.

Ein Gott

Schmerz wurde ihm über die Augen gezogen wie eine Narrenkappe.
Sie preßten ihm Schmerz-Elektroden durch die Scheitelbeine.

Hilflos war er wie ein Lamm,
Das nicht geboren werden kann
Und mit dem Kopf unter dem Anus seiner Mutter hängt.

Schmerz wurde ihm durch die Handflächen gestochen, durch die Gabelung des M,
Aus Eisen gemacht, aus dem Mark der Erde.
Von diesem Schmerz hing er herab,
Als ob er gewogen würde.
Die Geschicklichkeit seiner Finger nützte ihm soviel,
Wie die Hufe des Ochsen in der Fleischabfalltonne
Dem abgetrennten Kopf nützen,
Der an seinem verzinkten Haken hängt.

Schmerz war durch seinen Fuß gehakt.
Auch an diesem Schmerz hing er
Wie in einer Auslage.
Seine Geduld war nur für ihn von Bedeutung
Wie das blutvolle Kopfuntergrinsen
Einer abhängenden Schweinehälfte.

Dort hing er und
Nahm den Schmerz unter seinen Rippen an,
Weil er ihm so wenig entkommen konnte
Wie der abhängende Hase des Geflügelhändlers,
Versteckt hinter hohl werdenden Augen,
Dem entkommen kann,
Was seinen Bauch ersetzt hat.

Er konnte nicht verstehen, was geschehen war.

Oder was aus ihm geworden war.

Do not Pick up the Telephone

That plastic Buddha jars out a Karate screech

Before the soft words with their spores
The cosmetic breath of the gravestone

Death invented the phone it looks like the altar of death
Do not worship the telephone
It drags its worshippers into actual graves
With a variety of devices, through a variety of disguised voices

Sit godless when you hear the religious wail of the telephone

Do not think your house is a hide-out it is a telephone
Do not think you walk your own road, you walk down a telephone
Do not think you sleep in the hand of God you sleep in the mouthpiece of a telephone
Do not think your future is yours it waits upon a telephone
Do not think your thoughts are your own thoughts they are the toys of the telephone
Do not think these days are days they are the sacrificial priests of the telephone
The secret police of the telephone

O phone get out of my house
You are a bad god
Go and whisper on some other pillow
Do not lift your snake head in my house
Do not bite any more beautiful people

You plastic crab
Why is your oracle always the same in the end?
What rake-off for you from the cemeteries?

Your silences are as bad
When you are needed, dumb with the malice of the clairvoyant insane

Nimm das Telefon nicht ab

Jener Plastik-Buddha stößt einen Karate-Schrei aus

Vor den sanften Worten mit ihren Sporen
Dem kosmetischen Atem des Grabsteins

Tod erfand das Telefon, es sieht aus wie der Altar des Todes
Bete das Telefon nicht an
Es zieht seine Anbeter in wirkliche Gräber
Mit einer Vielfalt von Tricks, durch eine Vielfalt von verstellten Stimmen

Bleib gottlos sitzen, wenn du das religiöse Jammern des Telefon hörst

Glaub nicht, dein Haus sei ein Versteck, es ist ein Telefon
Glaub nicht, du gingest deinen eigenen Weg, du gehst ein Telefon entlang
Glaub nicht, du schliefest in der Hand Gottes, du schläfst in der Sprechmuschel
eines Telefons
Glaub nicht, die Zukunft gehört dir, sie wartet auf ein Telefon
Glaub nicht, deine Gedanken seien deine eigenen, sie sind die Spielzeuge des
Telefons
Glaub nicht, diese Tage seien Tage, sie sind die Opferpriester des Telefons
Die Geheimpolizei des Telefons

O Telefon, verlaß mein Haus
Du bist ein schlechter Gott
Geh und flüstere auf irgendeinem anderen Kissen
Heb nicht deinen Schlangenkopf in meinem Haus
Beiß keine schönen Leute mehr

Du Plastik-Miesmuschel
Warum bleibt sich dein Orakel immer gleich zum Schluß?
Wieviel Prozente kriegst du von Friedhöfen?

Dein Schweigen ist genauso schlimm
Wenn du gebraucht wirst, boshaft stumm wie hellsichtig Geisteskranke

The stars whisper together in your breathing
World's emptiness oceans in your mouthpiece
Stupidly your string dangles into the abysses
Plastic you are then stone a broken box of letters
And you cannot utter
Lies or truth, only the evil one
Makes you tremble with sudden appetite to see somebody undone

Blackening electrical connections
To where death bleaches its crystals
You swell and you writhe
You open your Buddha gape
You screech at the root of the house

Do not pick up the detonator of the telephone
A flame from the last day will come lashing out of the telephone
A dead body will fall out of the telephone

Do not pick up the telephone

Die Sterne flüstern miteinander in deinem Atmen
Die Weltenleere meert in deiner Sprechmuschel
Stupid baumelt deine Schnur in die Abgründe
Plastik bist du, dann Stein, ein kaputter Briefkasten
Und du kannst weder
Lügen noch Wahrheit sagen, nur der Böse
Läßt dich zittern aus plötzlicher Lust daran, irgendeinen fertigzumachen

Schwarzwerdende elektrische Verbindungen
Dorthin, wo der Tod seine Kristalle bleicht
Du blähst dich auf und du windest dich
Du öffnest dein Buddha-Maul
Du kreischst an der Wurzel unterm Haus

Nimm nicht den Sprengzünder des Telefons ab
Eine Flamme vom Jüngsten Tag wird aus dem Telefon herauspeitschen
Eine Leiche wird aus dem Telefon herausfallen

Nimm das Telefon nicht ab

Reckless Head

When it comes down to it
Hair is afraid. Words from within are afraid.

They sheer off, like a garment,
Cool, treacherous, no part of you.

Hands the same, feet, and all blood
Till nothing is left. Nothing stays

But what your gaze can carry.
And maybe you vomit even that, like a too-much poison.

Then it is
That the brave hunger of your skull

Supplants you. It stands where you stood
And shouts, with a voice you can't hear,

For what you can't take.

Bedenkenloser Kopf

Wenn es dazu kommt,
Fürchtet sich das Haar. Worte von innen fürchten sich.

Sie scheren sich fort wie eine Hülle,
Kühl, verräterisch, kein Teil von dir.

Ebenso Hände, Füße und alles Blut,
Bis nichts mehr da ist. Nichts bleibt

Außer dem, was dein Starren tragen kann.
Und vielleicht erbrichst du sogar das, wie ein Zuviel an Gift.

Dann ist es so,
Daß der tapfere Hunger deines Schädels

Dich ersetzt. Er steht, wo du standst,
Und ruft, mit einer Stimme, die du nicht hören kannst,

Nach dem, was du nicht ertragen kannst.

Prometheus On His Crag

Shouts and his words
Go off in every direction
Like birds

Like startled birds
They cry the way they fly away
Start up others which follow

For words are the birds of everything –
So soon
Everything is on the wing and gone

So speech starts hopefully to hold
Pieces of the wordy earth together
But pops to space-silence and space-cold

Emptied by words
Scattered and gone.
                    And the mouth shuts
Savagely on a mouthful

Of space-fright which makes the ears ring.

Prometheus auf seinem Felsen

Ruft und seine Worte
Verfliegen in alle Richtung
Wie Vögel

Wie verblüffte Vögel
Schrein sie den Weg den sie fliegen weg
Störn andere auf zu folgen

Denn Wörter sind die Vögel von jedemding –
So rasch
Ist alles im Flug und fort

So hoffnungsfroh hebt Rede an hält
Teile der wortigen Erde zusammen
Verpufft dennoch in Raumstille und Weltallkälte

Entleert von Worten
Verstreut und verflogen
                                        Und der Mund schließt sich
Wild um einen Mundvoll

Raumfurcht daß die Ohren schrillen

Two Tortoiseshell Butterflies

Mid-May – after May frosts that killed the Camellias,
After May snow. After a winter
Worst in human memory, a freeze
Killing the hundred-year-old Bay Tree,
And the ten-year-old Bay Tree – suddenly
A warm limpness. A blue heaven just veiled
With the sweatings of earth
And with the sweatings-out of winter
Feverish under the piled
Maywear of the lawn.
                                        Now two
Tortoiseshell butterflies, finding themselves alive,
She drunk with the earth-sweat, and he
Drunk with her, float in eddies
Over the Daisies' quilt. She prefers Dandelions,
Settling to nod her long spring tongue down
Into the nestling pleats, into the flower's
Thick-folded throat, her wings high-folded.
He settling behind her, among plain glistenings
Of the new grass, edging and twitching
To nearly touch – pulsing and convulsing
Wings wide open to tight-closed to flat open
Quivering to keep her so near, almost reaching
To stroke her abdomen with his antennae –
Then she's up and away, and he startlingly
Swallowlike overtaking, crowding her, heading her
Off any escape. She turns that
To her purpose, and veers down
Onto another Dandelion, attaching
Her weightless yacht to its crest.
Wobbles to stronger hold, to deeper, sweeter
Penetration, her wings tight shut above her,
A sealed book, absorbed in itself.

Zwei Schildpattfalter

Mitte Mai – nach Maifrösten, daran die Kamelien starben,
Nach Maischnee. Nach einem Winter,
Dem schlimmsten seit Menschengedenken, einem Frost,
Der den hundertjährigen Lorbeerbaum tötete
Und den zehnjährigen Lorbeerbaum – plötzlich
Warmes Erschlaffen. Blauer Himmel, verhangen nur
Vom Dunst der Erde
Und vom Ausdunsten des Winters
Ein Fiebern unter der überladenen
Maitracht des Rasens.
Da
Finden sich zwei Schildpattfalter am Leben,
Sie, trunken vom Schweiß der Erde, und er,
Trunken von ihr, gleiten in Pirouetten
Über die Decke von Tausendschönchen. Sie mag Löwenzähne lieber,
Läßt sich auf ihnen nieder, nickt ihre lange schnellende Zunge
Tief in die Nestfalten, in den
Dickfaltigen Hals der Blume mit hochgefalteten Flügeln.
Er läßt sich hinter ihr nieder im schlichten Glanz
Des jungen Grases, drängelt und zupft
Bis an den Rand der Berührung – pulst und zuckt,
Mit weitgeöffneten, dann enggeschlossenen, dann halboffenen Flügeln,
Bebt, sie so nah zu halten, schafft es fast,
Ihren Bauch mit seinen Fühlern zu streicheln –
Dann ist sie auf und davon, und er – überholt sie
Mit einer verblüffend schwalbengleichen Bewegung, umdrängt sie, lenkt sie
Ab von jeglichem Entkommen. Sie nutzt das
Zu ihren Gunsten und dreht ab, hinunter
Zu einem anderen Löwenzahn, täut
Ihre gewichtlose Jacht an seine Blütenkrone.
Taumelt zu festerem Halt, zu tieferem, süßerem
Eindringen, ihre Flügel eng über sich geschlossen,
Ein versiegeltes Buch ist sie nun, versunken in sich selbst.

She ignores him
Where he edges to left and to right, flitting
His wings open, titillating her fur
With his perfumed draughts, spasming his patterns,
His tropical, pheasant appeals of folk-art,
Venturing closer, grass-blade by grass-blade,
Trembling with inhibition, nearly touching –
And again she's away, dithering blackly. He swoops
On an elastic to settle accurately
Under her tail again as she clamps to
This time a Daisy. She's been chosen,
Courtship has claimed her. And he's been conscripted
To what's required
Of the splitting bud, of the talented robin
That performs piercings
Out of the still-bare ash,
The whole air just like him, just breathing
Over the still-turned-inward earth, the first
Caresses of the wedding coming, the earth
Opening its petals, the whole sky
Opening a flower
Of unfathomably-patterned pollen.

Sie will nichts von ihm wissen,
Wie er bald links, bald rechts herandrängt mit weitoffen
Flatternden Flügeln, ihren Pelz kitzelt,
Duft pumpt, seine Muster überspannt,
Diese tropische, fasanenartige Anmutung von Volkskunst,
Sich näher wagt, Grashalm um Grashalm,
Vor Zurückhaltung zitternd sie fast berührt –
Und wieder ist sie weg, bibbert schwärzlich. Er schwingt sich
Auf etwas Nachgebendes – und sitzt wieder genau
Unter ihrem Schwanz, dieses Mal hält sie sich
An ein Tausendschönchen geklammert. Sie ist erwählt,
Liebeswerbung macht ihren Anspruch geltend. Und er ist einberufen,
Zu genügen dem Verlangen
In der sich öffnenden Knospe, in diesem Talent von Rotkehlchen,
Einstiche zu zeigen
Aus der immer noch kahlen Esche,
Inmitten einer Luft ganz wie er selbst, eben so atmend
Über der immer noch in-sich-gekehrten Erde, den ersten
Liebkosungen der künftigen Hochzeit, über der Erde,
Die ihre Blütenblätter öffnet, der ganze Himmel
Öffnet eine Blume
Mit unergründlichen Mustern von Blütenstaub.

Where I Sit Writing My Letter

Suddenly hooligan baby starlings
Rain all round me squealing,
Shouting how it's tremendous and everybody
Has to join in and they're off this minute!

Probably the weird aniseed corpse-odour
Of the hawthorn flower's disturbed them,
As it disturbs me. Now they all rise
Flutter-floating, oddly eddying,

Squalling their dry gargles. Then, mad, they
Hurl off, on a new wrench of excitement,
Leaving me out.
                    I pluck apple-blossom,
Cool, blood-lipped, wet open.

And I'm just quieting thoughts towards my letter
When they all come storming back,
Giddy with hoarse hissings and snarls
And clot the top of an ash sapling –

Sizzling bodies, snaky black necks craning
For a fresh thrill – Where next? Where now? Where? – they're off
All rushing after it
Leaving me fevered, and addled.

They can't believe their wings.

Snow-bright clouds boil up.

Wo ich sitze und meinen Brief schreibe

Plötzlich regnen kleine ungezogene Stare
Zeternd um mich herum,
Rufen, wie ungeheuer es sei und daß jeder
Mitmachen soll, und weg sind sie im Handumdrehen!

Wahrscheinlich hat süß-unheimlicher Verwesungsgeruch
Der Ahornblüten sie gestört,
Wie er mich stört. Nun flügeln sie alle weg,
Schwirrend, in seltsamen Wirbeln,

Stoßen ihr trocknes Gegurgel aus. Dann, sinnlos,
Jagen sie weg auf eine weitere Drehung ihrer Erregtheit hin,
Blenden mich aus.
Ich pflücke Apfelblüte
Kühl, blutlippig, naßoffen.

Und ich sammle gerade Gedanken für meinen Brief,
Als sie alle zurückgestürmt kommen,
Schwindlig von dem heiseren Zischen, Fauchen
Verklumpen sie die Spitze eines Eschenschößlings –

Glühende Körper, schwarze Schlangenhälse recken sich –
Erneut nach einem Kitzel der Nerven – Wohin das nächste Mal? Wohin jetzt? Wo? –
Sie sind weg,
Alle hetzen hinterher,
Lassen mich fiebrig zurück und verwirrt.

Sie glauben ihren Flügeln nicht.

Schneehelle Wolken ballen sich.

Übertragen von Arnfrid Astel

Tern

for Norman Nicholson

The breaker humps its green glass.
You see the sunrise through it, the wrack dark in it,
And over it – the bird of sickles
Swimming in the wind, with oiled spasm.

That is the tern. A blood-tipped harpoon
Hollow-ground in the roller-dazzle,
Honed in the wind-flash, polished
By his own expertise –

Now finished and in use.
The wings – remote-controlled
By the eyes
In his submarine swift shadow

Feint and tilt in their steel.
Suddenly a triggered magnet
Connects him downward, through a thin shatter,
To a sand-eel. He hoists out, with a twinkling,

Through some other wave-window.
His eye is a gimlet.
Deep in the churned grain of the roller
His brain is a gimlet. He hangs,

A blown tatter, a precarious word
In the mouth of ocean pronouncements.
His meaning has no margin. He shudders
To the tips of his tail-tines.

Momentarily, his lit scrap is a shriek.

Seeschwalbe

für Norman Nicholson

Der Brecher buckelt sein grünes Glas,
Du siehst den Sonnenaufgang hindurch, das Untergangsdunkel darin,
Und darüber: den Sichel-Vogel
Im Wind schwimmen mit Spasmen wie geölt.

Das ist die Seeschwalbe. Eine blutspitzige Harpune,
Hohlgeschliffen im Glanz der Sturzwellen,
Gewetzt im Windstoß, poliert
Mit der ihr eignen Geschicklichkeit –

Nun fertig und in Gebrauch.
Die Flügel – ferngesteuert
Von den Augen
Ihres flinken Untersee-Schattens –

Fintieren und tjosten in ihrem Stahl.
Schlagartig zieht sie ein ausgelöster Magnet
Grundwärts durch ein schütteres Schmettern
Auf einen Sand-Aal. Mit einem Zwinkern entkommt sie

Durch irgendein anderes Wellenfenster.
Ihr Auge ist ein Bohrer.
Tief im aufgewühlten Korn der Sturzwelle
Ist ihr Hirn ein Bohrer. Da hängt sie,

Ein hochgeblasener Fetzen, ein bedenkliches Wort
Im Maul von Behauptungen des Ozeans.
Ihre Bedeutung hat keinen Spielraum. Sie schaudert
Bis in die Schwalbenschwanzspitzen.

Augenblicklich ist ihr erleuchtetes Bißchen ein Aufschrei.

The Honey Bee

The Honey Bee
Brilliant as Einstein's idea
Can't be taught a thing.
Like the sun, she's on course forever.

As if nothing else at all existed
Except her flowers.
No mountains, no cows, no beaches, no shops.
Only the rainbow waves of her flowers

A tremor in emptiness

A flying carpet of flowers

– a pattern
Coming and going – very loosely woven –
Out of which she works her solutions.

Furry goblin midgets
(The beekeeper's thoughts) clamber stickily
Over the sun's face – gloves of shadow.

But the Honey Bee
Cannot imagine him, in her brilliance,

Though he's a stowaway on her carpet of colour-waves
And drinks her sums.

Die Biene

Die Biene,
gewitzt wie Einstein,
lernt nichts.
Wie die Sonne. Weiß es schon.

Als gäbe es nur Blüten.
Keine Berge, Kühe;
Küsten nicht, Läden.
Nur die Iriswellen ihrer Blüten.

Ein Zittern im All.

Fliegender Teppich, Blumen

– ein Muster
kommt und geht, locker verwoben.
Woraus sie ihren Honig zieht.

Flügelknirpse im Pelz
(Denkwege des Imkers) klettern zäh
übers Gesicht der Sonne, mit Schattenstiefeln.

Aber die Biene
weiß nichts von IHM, so pfiffig sie ist.

In den Fransen fliegt er mit dem Teppich,
den Blütenwellen. Und trinkt sich satt.

Nachgedichtet von Arnfrid Astel

Sunstruck Foxglove

As you bend to touch
The gypsy girl
Who waits for you in the hedge
Her loose dress falls open.

Midsummer ditch-sickness!

Flushed, freckled with earth-fever,
Swollen lips parted, her eyes closing,
A lolling armful, and so young! Hot

Among the insane spiders.
You glimpse the reptile under-speckle
Of her sunburned breasts
And your head swims. You close your eyes.

Can the foxes talk? Your head throbs.
Remember the bird's tolling echo,
The dripping fern-roots, and the butterfly touches
That woke you.

Remember your mother's
Long, dark dugs.

Her silky body a soft oven
For loaves of pollen.

Fingerhut mit Sonnenstich

Während du dich beugst,
Das Zigeunermädchen zu berühren,
Das auf dich in der Hecke wartet,
Fällt ihr loses Kleid offen nieder.

Mittsommer-Graben-Krankheit!

Errötet, fleckig vom Erdfieber,
Ihre Lippen haben sich schwellend geöffnet, ihre Augen schließen sich,
Ein Armvoll, lässig hingestreckt und so jung! Heiß

Zwischen den geisteskranken Spinnen.
Du erspähst die reptilienhafte Untersprenklung
Ihrer sonnenverbrannten Brüste,
Und in deinem Kopf verschwimmt alles. Du schließt deine Augen.

Können Fingerhüte sprechen? Dein Kopf klopft.
Erinnere dich an das widerhallende Geläut des Vogels,
Die tropfenden Farnwurzeln und die Schmetterlingsküsse,
Die dich weckten.

Erinnere dich an deiner Mutter
Lange, dunkle Zitzen.

Ihr seidiger Körper, ein warmer Ofen
Für Laibe aus Pollen.

In the Likeness of a Grasshopper

A trap
Waits on the field path.

A wicker contraption, with working parts,
Its spring tensed and set.

So flimsily made, out of grass
(Out of the stems, the joints, the raspy-dry flags).

Baited with a fur-soft caterpillar,
A belly of amorous life, pulsing signals.

Along comes a love-sick, perfume-footed
Music of the wild earth.

The trap, touched by a breath,
Jars into action, its parts blur –

And music cries out.

A sinewy violin
Has caught its violinist.

Cloud-fingered summer, the beautiful trapper,
Picks up the singing cage

And takes out the Song, adds it to the Songs
With which she robes herself, which are her wealth,

Sets her trap again, a yard further on.

Im Bild eines Grashüpfers

Eine Falle
Wartet auf dem Feldweg.

Ein Apparat, geflochten aus Weiden, mit beweglichen Teilen,
Gespannt die Feder und aufgestellt.

So unscheinbar gemacht, aus Gras
(Aus den Stengeln, den Knoten, den raspeltrockenen Fahnen).

Beködert mit einer fellweichen Raupe,
Einem Bauch voller Liebesleben, pulst sie Signale.

Daher kommt liebeskrank, auf duftenden Spuren,
Musik der wilden Erde.

Die Falle, nur hauchzart berührt,
Schnarrt los, ihre Teile verwischen –

Und Musik schreit auf.

Eine sehnige Violine
Hat ihren Violinisten gefangen.

Wolkenfingrige Sommerzeit, die schöne Fallenstellerin,
Hebt den singenden Käfig auf

Und nimmt das Lied heraus, tut es zu den Liedern,
Mit denen sie sich kleidet: ihr ganzer Reichtum,

Spannt die Falle neu, eine Elle weiter weg.

The Hen

The Hen
Worships the dust. She finds God everywhere.
Everywhere she finds his jewels.
And she does not care
What the cabbage thinks.

She has forgotten flight
Because she has interpreted happily
Her recurrent dream
Of clashing cleavers, of hot ovens,
And of the little pen-knife blade
Splitting her palate.
She flaps her wings, like shallow egg-baskets,
To show her contempt
For those who live on escape
And a future of empty sky.

She rakes, with noble, tireless foot,
The treasury of the dirt,
And clucks with the mechanical alarm clock
She chose instead of song
When the Creator
Separated the Workers and the Singers.

With her eye on reward
She tilts her head religiously
At the most practical angle
Which reveals to her
That the fox is a country superstition,
That her eggs have made man her slave
And that the heavens, for all their threatening,
Have not yet fallen.

Die Henne

Die Henne
Betet den Staub an. Sie findet Gott überall.
Überall findet sie seine Juwelen.
Und es bekümmert sie nicht,
Was der Kohl denkt.

Wie man wegfliegt, hat sie vergessen,
Weil sie glücklich gedeutet hat
Ihren wiederkehrenden Traum
Von klirrenden Hackmessern, heißen Öfen
Und von der kleinen Federmesserschneide,
Die ihre Kehle spaltet.
Sie schlägt mit den Flügeln wie mit flachen Eierkörben,
Ihre Verachtung zu zeigen
Denen, die von Flucht leben
Und einer Zukunft aus leerem Himmel.

Sie durchstöbert mit vornehmem, unermüdlichem Fuß
Die Schatzkammmer des Schmutzes
Und gluckt mit dem mechanischen Weckergeräusch,
Das sie sich wählte anstelle Gesangs,
Als der Schöpfer
Schied zwischen Arbeitern und Sängern.

Mit einem Auge schielt sie nach Belohnung
Und neigt fromm ihren Kopf
Im praktischsten Winkel,
Der sie erkennen läßt,
Daß der Fuchs ein Aberglaube vom Land ist,
Daß ihre Eier den Menschen zu ihrem Sklaven gemacht haben
Und daß die Himmel, trotz all ihrem Drohen,
Noch nicht herabgestürzt sind.

And she is stern. Her eye is fierce – blood
(That weakness) is punished instantly.
She is a hard bronze of uprightness.
And indulges herself in nothing
Except to swoon a little, a delicious slight swoon,
One eye closed, just before sleep,
Conjuring the odour of tarragon.

Und sie ist streng. Ihr Auge ist grausam – Blut
(Diese Schwäche) wird sofort bestraft.
Sie ist harte Bronze an Geradheit
Und gibt sich selbst in nichts nach.
Es sei denn, ein bißchen in Ohnmacht zu fallen, eine köstliche kleine Ohnmacht,
Ein Auge zu, so grad vorm Schlaf,
Beschwörend den Duft von Estragon.

The Hare

I

That Elf
Riding his awkward pair of haunchy legs

That weird long-eared Elf
Wobbling down the highway

Don't overtake him, don't try to drive past him,
He's scatty, he's all over the road,
He can't keep his steering, in his ramshackle go-cart,
His big loose wheels, buckled and rusty,
Nearly wobbling off

And all the screws in his head wobbling and loose

And his eyes wobbling

II

The Hare is a very fragile thing.
The life in the hare is a glassy goblet, and her yellow-fringed frost-flake belly sa
Fragile.

The hare's bones are light glass. And the hare's face –

Who lifted her face to the Lord?
Her new-budded nostrils and lips,
For the daintiest pencillings, the last eyelash touches

Delicate as the down of a moth,
And the breath of awe

Der Hase

I

Dieser Elf,
Der sein linkisches Paar Keulenbeine reitet,

Dieser seltsame langohrige Elf,
Der die Autobahn hinuntertaumelt,

Überhol ihn nicht, versuch nicht, an ihm vorbeizufahren,
Er ist zerstreut, er ist überall auf der Straße,
Er kann die Richtung nicht halten in seinem klapprigen Gokart,
Seine großen losen Räder, verbogen und rostig,
Wackeln fast ab,

Und alle Schrauben in seinem Kopf sind wacklig und locker,

Und seine Augen wackeln

II

Die Häsin ist ein sehr zerbrechliches Ding,
Das Leben in der Häsin ist ein gläserner Pokal, und ihr Bauch, gelbfransig und frostflockig, sagt: Zerbrechlich.

Der Häsin Knochen sind durchscheinendes Glas. Und der Häsin Angesicht –

Wer erhob ihr Angesicht zum Herrn?
Ihre frischgeknospten Nasenlöcher und Lippen
Für delikateste Zeichnungen, die letzten Wimperntupfer,

Fein wie der Staub einer Motte,
Und der ehrfürchtige Atem,

Which fixed the mad beauty-light
In her look
As if her retina
Were a moon perpetually at full.

Who is it, at midnight on the A 30,
The Druid soul,
The night-streaker, the sudden lumpy goblin
That thumps your car under the belly
Then cries with human pain
And becomes a human baby on the road
That you dare hardly pick up?

Or leaps, like a long bat with little headlights,
Straight out of darkness
Into the driver's nerves
With a jangle of cries
As if the car had crashed into a flying harp

So that the driver's nerves flail and cry
Like a burst harp.

III

Uneasy she nears
As if she were being lured, but fearful,
Nearer.
Like a large egg toppling itself – mysterious!

Then she'll stretch, tall, on her hind feet,
And lean on the air,
Taut – like a stilled yacht waiting on the air –

And what does the hunter see? A fairy woman?
A dream beast?
A kangaroo of the March corn?

Der das tolle Schönheits-Licht
In ihrem Blick festmachte,
Als wäre ihre Retina
Ein unvergänglicher Vollmond.

Wer ist das, um Mitternacht auf der A 30,
Die Druidenseele,
Der Nachtschwärmer, der jäh auftauchende klumpige Kobold,
Der deinem Wagen unter den Bauch bumst,
Dann aufschreit voll menschlichem Schmerz?
Auf der Strecke wird er zum Menschenbaby,
Kaum wagst du, es aufzuheben.

Oder was springt wie eine langgestreckte Fledermaus mit kleinen Scheinwerfern
Aus der Dunkelheit gradwegs
Hinein in die Nerven des Fahrers
Mit schrillenden Schreien,
Als wäre das Auto in eine fliegende Harfe geknallt,

Daß die Nerven des Fahrers dreschen und aufschrein
Wie eine geborstene Harfe.

III

Beklommen kommt sie näher,
Als würde sie angelockt, dennoch voll Furcht,
Näher.
Wie ein großes Ei, das sich selbst umwirft – geheimnisvoll!

Dann streckt sie sich zur vollen Größe auf ihre Hinterläufe
Und lehnt sich auf die Luft,
Gespannt – wie eine stilliegende Yacht auf Wind wartet –

Und was sieht der Jäger? Eine Fee?
Ein Traumtier?
Ein Känguruh im Märzkorn?

The loveliest face listening,
Her black-tipped ears hearing the bud of the blackthorn
Opening its lips,
Her black-tipped hairs hearing tomorrow's weather
Combing the mare's tails,
Her snow-fluff belly feeling for the first breath,
Her orange nape, foxy with its dreams of the fox –

Witch-maiden
Heavy with trembling blood – astounding
How much blood there is in her body!
She is a moony pond of quaking blood

Twitched with spells, her gold-ringed eye spellbound –

Carrying herself so gently, balancing
Herself with the gentlest touches
As if her eyes brimmed –

IV

I've seen her,
A lank, lean hare, with her long thin feet
And her long, hollow thighs,
And her ears like ribbons
Careering by moonlight
In her Flamenco, her heels flinging the dust
On the drum of the hill.

And I've seen him, hobbling stiffly
God of Leapers
Surprised by dawn, earth-bound, and stained
With drying mud,
Painfully rocking over the furrows

Das schönste Gesicht sieht er, wie es lauscht,
Wie ihre schwarzspitzigen Ohren das Knospen des Schlehdorns hören
Beim Öffnen seiner Lippen,
Wie ihre schwarzspitzigen Härchen das Wetter von morgen erspüren,
Beim Kämmen der Schweife der Nachtmähre,
Wie der Schneeflausch-Bauch dem leisesten Hauch nachfühlt,
Er sieht ihr orangefarbnes Genick, fuchsig von Fuchsträumen –

Hexen-Jungfer,
Schwer von zitterndem Blut – erstaunlich,
Wieviel Blut in ihrem Körper ist!
Ein mondheller Teich ist sie aus bebendem Blut,

Zuckend vor Zaubersprüchen, wie gebannt ihr goldberingtes Aug –

Trägt sich so sanft, balanciert
Sich mit den sanftesten Berührungen,
Als ob ihr die Augen überströmten –

IV

Ich habe sie gesehen,
Eine ranke, magere Häsin, wie sie mit ihren langen dünnen Füßen
Und ihren langen, hohlen Schenkeln
Und ihren bänderförmigen Ohren
Dahinjagte im Mondlicht
In einem Flamenco, ihre Hinterläufe stoben den Staub
Auf der Trommel des Hügels.

Und ich habe ihn gesehen, den steif hoppelnden
Gott aller Springer,
Überrascht von der Dämmerung, erdgebunden, befleckt
Mit trocknendem Matsch,
Schmerzgepeinigt schaukelte er durch die Furchen

With his Leaping-Legs, his Power-Thighs
Much too powerful for ordinary walking,
So powerful
They seem almost a burden, almost a problem,
Nearly an aching difficulty for him
When he tries to loiter or pause,
Nearly a heaving pain to lift and move
Like turning a cold car-engine with a bent crank handle –

Till a shock, a terror, with a bang
Grabs at her ears. An oven door
Bangs open, both barrels, and a barking
Bursts out of onions –
                                        and she leaps
And her heels
Hard as angle-iron kick salt and pepper
Into the lurcher's eyes –
                                        and kick and kick
The spinning, turnip world
Into the lurcher's gullet –
                                        as she slips
Between thin hawthorn and thinner bramble
Into tomorrow.

Mit seinen Springe-Beinen, seinen Kraft-Schenkeln,
Viel zu kraftvoll für gewöhnliches Gehn,
So kraftvoll,
Daß sie beinah eine Last scheinen, beinah ein Problem,
Fast schon schmerzlich die Mühsal,
Beim Versuch zu trödeln oder sich aufzuhalten,
Fast schon schwellender Schmerz beim Aufrichten und Sich-Bewegen,
Als ob man ein kaltes Auto anwirft mit einer krummen Kurbel –

Bis ein Schock, ein Schrecken mit einem Knall
Nach ihrem Ohr grapscht. Eine Ofentür
Knallt auf, beide Rohre und ein Bellen
Brechen aus den Zwiebeln –
                                        und sie springt,
Und ihre Hinterbeine,
Hart wie Türangelstahl, streuen Salz und Pfeffer
Ins Auge des Spürhunds –
                                        und treten und treten
Die wirbelnde Rübenwelt
Ihm in den Schlund –
                                        derweil entschlüpft sie
Zwischen dürrem Hagedorn und noch dürrerem Gerank
Ins Morgen.

The River

Fallen from heaven, lies across
The lap of his mother, broken by world.

But water will go on
Issuing from heaven

In dumbness uttering spirit brightness
Through its broken mouth.

Scattered in a million pieces and buried
Its dry tombs will split, at a sign in the sky,

At a rending of veils.
It will rise, in a time after times,

After swallowing death and the pit
It will return stainless

For the delivery of this world.
So the river is a god

Knee-deep among reeds, watching men,
Or hung by the heels down the door of a dam

It is a god, and inviolable.
Immortal. And will wash itself of all deaths.

Der Fluß

Gefallen vom Himmel, liegt überm
Schoß seiner Mutter, zerschlagen von Welt.

Aber das Wasser wird weiter
Strömen vom Himmel,

Stumm wird es sich geistesklar äußern
Durch seinen zerbrochenen Mund.

Zerschlagen in tausend Stücke und begraben,
Werden seine ausgetrockneten Gräber aufbrechen auf ein Zeichen am Himmel,

Beim Zerreißen von Schleiern.
Auferstehn wird er in einer Zeit nach den Zeiten,

Nachdem er Tod und den Abgrund verschlungen hat,
Wird er makellos wiederkehren

Zur Erlösung dieser Welt.
Also ist der Fluß ein Gott,

Knietief zwischen dem Schilf, beobachtend die Menschen,
Oder aufgehängt an den Füßen am Tor eines Damms,

Ist er ein Gott, unverletzbar
Und unsterblich, und wird sich loswaschen von allen Toden.

Low Water

This evening
The river is a beautiful idle woman.

The day's August burn-out has distilled
A heady sundowner.
She lies back, bored and tipsy.

She lolls on her deep couch. And a long thigh
Lifts from the flash of her silks.

Adoring trees, kneeling, ogreish eunuchs
Comb out her spread hair, massage her fingers.

She stretches – and an ecstasy tightens
Over her skin, and deep in her gold body

Thrills spasm and dissolve. She drowses.

Her half-dreams lift out of her, light-minded
Love-pact suicides. Copulation and death.

She stirs her love-potion – ooze of balsam
Thickened with fish-mucus and algae.

You stand under leaves, your feet in shallows.
She eyes you steadily from the beginning of the world.

Niedrigwasser

An diesem Abend
Ist der Fluß eine schöne träge Frau.

Die Hitze des Augusttags hat
Einen Sonnenuntergang gebrannt, der zu Kopf steigt.
Sie lehnt sich zurück, gelangweilt und beschwipst.

Sie trollt auf ihrer tiefen Couch. Und ein langer Schenkel
Hebt sich aus dem Glitzer ihrer Seiden.

Anbetende Bäume, hingekniet, menschenfresserische Eunuchen
Kämmen ihr ausgebreitetes Haar, massieren ihre Finger.

Sie streckt sich – und eine Ekstase legt sich
Über ihre Haut, und tief in ihrem goldenen Körper

Prickelt Spannung und Lösung. Sie döst.

Wachträume steigen aus ihr auf, leichtsinnige
Selbstmorde aus Liebe. Kopulation und Tod.

Sie rührt ihren Liebestrank um – balsamischen Morast,
Verdickt mit Fischschleim und Algen.

Du stehst unter Blättern, deine Füße im Seichten.
Unverwandt schaut sie dich an seit Anbeginn der Welt.

Japanese River Tales

I

Tonight
From the swaddled village, down the padded lane
Snow is hurrying
To the tryst, is touching
At her hair, at her raiment
Glint-slippered
Over the stubble,
                    naked under
Her light robe, jewels
In her hair, in her ears, at her bare throat
Dark eye-flash
                    twigs and brambles
Catch at her
                as she lifts
The raggy curtains
Of the river's hovel, and plunges
Into his grasping bed.

II

The lithe river rejoices all morning
In his juicy bride – the snow princess
Who peeped from clouds, and chose him,
                    and descended.

The tale goes on
With glittery laughter of immortals
Shaking the alders –
In the end a drowsy after-bliss
Blue-hazes the long valley. High gulls

Japanische Flußgeschichten

I

Heut nacht eilt
Vom eingepackten Dorf, den wattierten Feldweg hinab,
Schnee
Zum Stelldichein, rührt
An ihr Haar, an ihr Gewand,
Mit glänzenden Pantöffelchen
Über das Stoppelfeld,
                                        nackt unter
Ihrem leichten Kleid, Juwelen
In ihrem Haar, an ihren Ohren, an ihrem bloßen Hals
Dunkler Augenblitz
                                        Zweige und Dorngestrüpp
Greifen nach ihr
                                als sie
Die zerlumpten Vorhänge anhebt
Vom Quartier des Flusses und eintaucht
In sein zugreifendes Bett.

II

Jeden Morgen freut sich der wendige Fluß
An seiner feuchten Braut – der Schneeprinzessin,
Die aus Wolken spähte und ihn erwählte
                                                und herabstieg.

Das Märchen fährt fort
Mit glitzerndem Gelächter von Unsterblichen,
Die Erlen schütteln –
Am Ende blaut eine schläfrige Nachwonne
Neblig das lange Tal. Möwen hoch droben

Look down on the flash
And languor of suppled shoulders
Bedded in her ermine.
Night
Lifts off the illusion. Lifts
The beauty from her skull. The sockets, in fact,
Are root-arches – empty
To ashes of stars. Her kiss
Grips through the full throat and locks
On the dislodged vertebrae.
Her talons
Lengthened by moonlight, numb open
The long belly of blood.
And the river
Is a gutter of death,
A spill of glitters
dangling from her grasp
As she flies
Through the shatter of space and
Out of being.

Spähn herab auf Glanz
Und Mattigkeit biegsamer Schultern,
Eingebettet in ihren Hermelin.
                                        Nacht
Hebt die Illusion auf. Hebt
Die Schönheit von ihrem Schädel. Die Höhlen sind
In Wirklichkeit Wurzelbögen – leer
Für Sternenasche. Ihr Kuß
Greift durch die volle Kehle und schließt sich
Um die losgerissenen Rückenwirbel.
                                        Ihre Krallen,
Von Mondlicht verlängert, erstarren
Auf den langen Bauch Blut.
                                        Und der Fluß
Ist eine Gosse Tod,
Eine Spindel aus Funken,
                                        die aus ihrem Griff baumelt,
Während sie flieht
Durch die Bruchstücke des Weltraums und
Weg aus dem Sein.

Strangers

Dawn. The river thins.
The combed-out coiffure at the pool-tail
Brightens thinly.
The slung pool's long hammock still flat out.

The sea-trout, a salt flotilla, at anchor,
Substanceless, flame-shadowed,
Hang in a near emptiness of sunlight.

There they actually are, under homebody oaks,
Close to teddybear sheep, near purple loose-strife –

Space-helms bowed in preoccupation,
Only a slight riffling of their tail-ailerons
Corrective of drift,
Gills easing.

And the pool's toiled rampart roots,
The cavorting of new heifers, water-skeeters
On their abacus, even the slow claim
Of the buzzard's hand
Merely decorate a heaven
Where the sea-trout, fixed and pouring,
Lean in the speed of light.
                    And make nothing
Of the strafed hogweed sentry skeletons,
Nothing of the sun, so openly aiming down.

Thistle-floss bowls over them. First, lost leaves
Feel over them with blind shadows.

The sea-trout, upstaring, in trance,
Absorb everything and forget it
Into a blank of bliss.

Fremde

Dämmerung. Der Fluß wird dünn.
Die ausgekämmte Frisur am Teichende
Schüttert sich licht.
Die lange Hängematte des verschlungenen Teichs breitet sich weiter aus.

Die Seeforellen sind eine Salzflottille vor Anker,
Stofflos, flammenschattig
Hängen sie in naher Leere aus Sonnenlicht.

Sie sind wirklich da, unter häuslichen Eichen,
Dicht bei Teddybärschafen, nahe Blutweiderich –

Steuerruder im Leeren sind sie, unbewußt bewegt,
Nur ein leichtes Wellen ihrer Schwanz-Querruder
Hält sie korrekt in der Strömung,
Entspannt ihre Kiemen.

Und die verschlungenen Wallwurzeln des Teichs,
Die umhertollenden jungen Färsen, Wasserläufer
Auf ihrem Abakus, sogar der verhaltene Anspruch
Der Bussardklaue
Verzieren nur einen Himmel,
Darunter die Seeforellen, festgebannt und fließend,
Lehnen im Jagen des Lichts.
Und sich nichts machen
Aus den skelettierten Vorposten zerbombten Knöterichs,
Nichts aus der Sonne, die so offen herabzielt.

Distelvlies kugelt sich über ihnen. Zunächst tasten nur
Verlorne Blätter über sie mit undurchsichtigen Schatten.

Träumerisch starren die Seeforellen empor,
Nehmen alles auf und lassen es fort ins Vergessen,
Eine leere Seligkeit.

And this is the real samadhi – worldless, levitated.

Till, bulging, a man-shape
Wobbles their firmament.
                                        Now see the holy ones
Shrink their auras, slim, sink, focus, prepare
To scram like trout.

Dies ist wahrhaft Samâdhi – weltlos, schwerelos.

Bis ein Menschenschatten aufwächst
Und ihr Firmament zum Wackeln bringt.
Schau jetzt die Heiligen:
Sie verkleinern ihre Aura, machen sich dünn, sinken, sammeln sich und machen sich daran,
Abzuhauen wie Forellen.

Go Fishing

Join water, wade in underbeing
Let brain mist into moist earth
Ghost loosen away downstream
Gulp river and gravity

Lose words
Cease
Be assumed into glistenings of lymph
As if creation were a wound
As if this flow were all plasm healing

Be supplanted by mud and leaves and pebbles
By sudden rainbow monster-structures
That materialize in suspension gulping
And dematerialize under pressure of the eye

Be cleft by the sliding prow
Displaced by the hull of light and shadow

Dissolved in earth-wave, the soft sun-shock,
Dismembered in sun-melt

Become translucent – one untangling drift
Of water-mesh, and a weight of earth-taste light
Mangled by wing-shadows
Everything circling and flowing and hover-still

Crawl out over roots, new and nameless
Search for face, harden into limbs

Let the world come back, like a white hospital
Busy with urgency words

Try to speak and nearly succeed
Heal into time and other people

Geh fischen

Schließ dich dem Wasser an, wate im Untersein
Laß Hirn sich einnebeln in feuchte Erde
Geist sich lösen mit dem Strom
Verschlucke Fluß und Schwerkraft

Verlier die Wörter
Höre auf
Laß dich aufnehmen ins Glitzern von Blutwasser
Als wär Schöpfung eine Wunde
Als wär dies Fluten ganz heilendes Plasma

Laß dich ersetzen von Schlamm und Blättern und Kieseln
Von unvermuteten Monster-Gebilden aus Regenbögen
Die sich materialisieren in der Aufschwemmung, verschlingen
Und entmaterialisieren unterm Druck der Augen

Sei gespalten durch den gleitenden Bug
Ver-rückt durch den Rumpf aus Schatten und Licht

Aufgelöst in Erdwelle, den sanften Sonnen-Schock,
Zergliedert in Sonnen-Schmelze

Werde durchscheinend – eine durchlässige Drift
Aus Wassergenetz und eine Last mit Erdgeschmack, leicht
Durchwalkt von Flügelschatten
Alles kreist und flutet und schwebt still

Kriech hinaus über Wurzeln, neu und namenlos
Such nach Gesicht, festige dich in Glieder

Laß die Welt zurückkommen wie ein weißes Krankenhaus
Das geschäftig tut mit Fachwörtern für den Notfall

Versuch zu sprechen und laß es fast gelingen
Heile ein in Zeit und andere Leute

A Cormorant

Here before me, snake-head
My waders weigh seven pounds.

My Barbour jacket, mainly necessary
For its pockets, is proof

Against the sky at my back. My bag
Sags with lures and hunter's medicine enough

For a year in the Pleistocene.
My hat, of use only

If this May relapses to March,
Embarrasses me, and my net, long as myself,

Optimistic, awkward, infatuated
With every twig-snag and fence-barb

Will slowly ruin the day. I paddle
Precariously on slimed shale,

And infiltrate twenty yards
Of gluey and magnetized spider-gleam

Into the elbowing dense jostle-traffic
Of the river's tunnel, and pray

With futuristic, archaic under-breath
So that some fish, telepathically overpowered,

Will attach its incomprehension
To the bauble I offer to space in general.

Ein Kormoran

Hier vor mir: Schachblume,
Meine Wasserstiefel wiegen sieben Pfund.

Meine Barbour-Jacke, hauptsächlich nötig
Wegen ihrer Taschen, ist dicht

Gegen den Himmel in meinem Rücken. Meine Tasche
Hängt durch von Ködern und Jagdmedizin, genug

Für ein Jahr im Pleistozän.
Mein Hut, von Nutzen allenfalls,

Wenn dieser Mai einen Salto rückwärts macht zu März,
Ist mir peinlich, und mein Netz, so lang wie ich selbst,

Optimistisch, linkisch, vernarrt
In jeden Widerhaken von Zweig und Stacheldraht,

Wird den Tag langsam ruinieren. Ich paddle
Unsicher auf schleimigem Schiefer und

Infiltriere zwanzig Yards
Leimige und magnetisierte Spinnenfliegen

Hinein in das ellbogendichte Verkehrsgerempel
Des Flußtunnels und bete

Mit futuristisch archaischem Unterton,
Daß irgendein Fisch, von Telepathie überwältigt,

Seinen Unverstand festmachen möge
An dem Plunder, den ich dem Raum im großen und ganzen anbiete.

The cormorant eyes me, beak uptilted,
Body snake-low – sea-serpentish.

He's thinking: ›Will that stump
Stay a stump just while I dive?‹ He dives.

He sheds everything from his tail end
Except fish-action, becomes fish,

Disappears from bird,
Dissolving himself

Into fish, so dissolving fish naturally
Into himself. Re-emerges, gorged,

Himself as he was, and escapes me.
Leaves me high and dry in my space-armour,

A deep-sea diver in two inches of water.

Der Kormoran eräugt mich, den Schnabel aufgereckt,
Der Körper niedrig wie eine Schlange – eine Seeschlange.

Er denkt: ›Wird dieser Stumpf
Stumpf bleiben, wenn ich eben mal tauche?‹ Er taucht.

Er schüttelt alles von seiner Schwanzspitze ab,
Außer dem Tun-wie-ein-Fisch, wird Fisch,

Verschwindet aus dem Vogelsein,
Löst sich

In Fisch und löst so Fisch natürlich auf
In sich selbst. Taucht wieder auf, vollgestopft,

Wieder er selbst, und weg ist er.
Läßt mich auf dem Trockenen zurück in meiner Raumfahrermontur,

Einen Tiefseetaucher in zwei Zoll tiefem Wasser.

Performance

Just before the curtain falls in the river
The Damselfly, with offstage, inaudible shriek
Reappears, weightless.

Hover-poised, in her snake-skin leotards,
Her violet-dark elegance.

Eyelash-delicate, a dracula beauty,
In her acetylene jewels.

Her mascara smudged, her veils shimmer-fresh –

Late August. Some sycamore leaves
Already in their museum, eaten to lace.
Robin song bronze-touching the stillness
Over posthumous nettles. The swifts, as one,
Whipcracked, gone. Blackberries.
                                                  And now, lightly,
Adder-shock of this dainty assassin
Still in mid-passion –
                                    still in her miracle play:
Masked, archaic, mute, insect mystery
Out of the sun's crypt.
                                      Everything is forgiven
Such a metamorphosis in love!
Phaedra Titania
Dragon of crazed enamels!
Tragedienne of the ultra-violet,
So sulphurous and so frail,

Stepping so magnetically to her doom!

Lifted out of the river with tweezers
Dripping the sun's incandescence –

Vorstellung

Grad bevor der Vorhang fällt in den Fluß –
Erscheint wieder die Schlankjungfer, mit einem
Unhörbaren Schrei wie von hinter der Bühne, gewichtlos.

Tariert in Schwebe, im Schlangenhauttrikot
Ihrer violettdunklen Eleganz.

Wimperfein, eine Dracula-Schönheit,
In ihren azetylenen Juwelen.

Ihre Wimperntusche verschmiert, ihre Schleier frischschimmernd –

Spätaugust. Einige Sykomorenblätter sind
Schon in ihrem Museum, zu Spitzen gefressen.
Das Rotkehlchenlied überzieht mit Bronzeglanz die Stille
Überm Nachleben der Nesseln. Die Segler, alle auf einmal
Mit einem Peitschenschlag dahin. Brombeeren.
                                                                Und nun, leichthin
Der Natternstoß dieser zierlichen Attentäterin,
Noch inmitten ihrer Liebesleidenschaft –
                                                        noch inmitten ihres Mirakelspiels:
Maskiert, archaisch, stumm, Insektenmysterium
Aus der Sonnenkrypta.
                                    Alles wird vergeben
Einer solchen Metamorphose aus Liebe!
Phaedra Titania,
Drache aus haarrissigem Emaille!
Tragödin des Ultravioletten,
So schweflig und so zart,

Wie magnetisiert sie ihrem Schicksal entgegentanzt!

Aus dem Fluß gehoben mit einer Pinzette,
Tropft sie der Sonne Weißglühen –

suddenly she
Switches her scene elsewhere.

(Find him later, halfway up a nettle,
A touch-crumple peetal of web and dew –

Midget puppet-clown, tranced on his strings,
In the nightfall pall of balsam.)

plötzlich
Verlegt sie ihre Aufführung anderswohin.

(Später finde ich sie, auf halber Höhe einer Nessel,
Ein von Berührung zerknülltes Blütenblatt aus Spinnweb und Tau –

Winzige Clownspuppe, verzückt an ihren Fäden,
In den Balsambahrtüchern im Einfall der Nacht.)

Astrological Conundrums

I The Fool's Evil Dream

I was just walking about.
Trees here, trees there, ferny accompaniment.
Rocks sticking through their moss jerseys.
A twilight like smoked spectacles, depressive.

I saw a glowing beast – a tigress.
Only different with flower-smells, wet-root smells,
Fish-still-alive-from-their-weed-river smells
And eyes that hurt me with beauty.

She wanted to play so we gambolled.
She promised to show me her cave
Which was the escape route from death
And which came out into a timeless land.

To find this cave, she said, we lie down
And you hold me, so, and we fly.
So it was I came to be folded
In the fur of a tiger. And as we travelled

She told me of a very holy man
Who fed himself to a tigress
Because hunger had dried up her milk
And as he filled her belly he became

The never-dying god who gives everything
Which he had always wanted to be.
As I heard her story I dissolved
In the internal powers of tiger

Astrologische Rätsel

I Des Narren schlimmer Traum

Ich ging so vor mich hin.
Bäume hier, Bäume dort, farnige Begleitung.
Felsen stachen durch ihre Moosjacken.
Ein Zwielicht wie durch behauchte Brillen, bedrückt.

Ich sah ein glühendes Tier – eine Tigerin,
Anders nur durch Blumendüfte, Feuchtwurzeldüfte,
Fisch-immer-noch-lebendig-von-seinen-Tang-Flußdüften
Und Augen, die mich mit Schönheit verletzten.

Spielen wollte sie, also tanzten wir herum.
Sie versprach, mir ihre Höhle zu zeigen:
Den Ausweg vom Tod,
Der auskam in einem zeitlosen Land.

Diese Höhle zu finden, sagte sie, legen wir uns nieder,
Und du hältst mich, so, und wir fliegen.
So geschah es, daß ich eingewickelt wurde
Ins Fell einer Tigerin. Und wie wir dahinfuhren,

Erzählte sie mir von einem sehr heiligen Mann,
Der sich selbst an eine Tigerin verfüttert hatte,
Weil Hunger ihre Milch hatte versiegen lassen,
Und als er ihren Bauch gefüllt hatte, wurde er

Der niemalssterbende Gott, der alles hingibt,
Was er immer gewünscht hatte zu sein.
Als ich diese Geschichte hörte, löste ich mich
Auf in die inneren Tigermächte

And passed through a dim land
Swinging under her backbone. Till I heard
A sudden cry of fear, an infant's cry –
Close, as if my own ear had cried it.

I sat up
Wet and alone
Among starry rocks.

A bright spirit went away weeping.

II Nearly Awake

The bulls swing their headweights,
Eyes bulging storms and moon-terrors.
Their cleft roots creak all round you
Where you lie, face-bedded, vegetable.

A frozen stone – the stone of your headbone.
The Universe flies dark.
The bulls bulk darker, as their starred nostrils
Blow and ponder your spine.

You lie, helpless as grass. Your prayer,
Petrified into the earth's globe,
Supports you, a crest of fear
On its unstirring.

The wild bulls of your mother have found you.
Huge nudgings of blood, sperm, saliva
Rasp you alive, towel you awake with tongues.
Now they start gnawing the small of your back.

The cry you dare not cry in these moments
Will last you a lifetime.

Und durchquerte ein trübes Land,
Schwingend unter ihrem Rückgrat. Bis ich
Einen plötzlichen Angstschrei vernahm, eines Kindes Schrei –
Nah, als hätte mein eigen Ohr ihn geschrien.

Ich setzte mich auf,
Naß und einsam
Unter sternigen Felsen.

Ein heller Geist ging hinweg und weinte.

II Halbwach

Die Stiere schwenken ihre Kopfgewichte,
Augen schwellen Stürme und Mondschrecken.
Ihre gespaltenen Wurzeln umknarren dich von allen Seiten,
Wo du liegst, das Gesicht vergraben, pflanzenhaft.

Ein gefühlloser Stein – der Stein deines Schädelknochens.
Das All fliegt dunkel dahin.
Die Stiere ballen sich dunkler, während ihre bestirnten Nüstern
Blasen und dein Rückgrat abwägen.

Du liegst da, hilflos wie Gras. Dein Gebet,
Versteinert in den Erdball,
Stärkt dir den Rücken, ein Kamm Furcht
Auf seiner Unregung.

Die wilden Stiere deiner Mutter haben dich gefunden.
Riesige Stöße von Blut, Sperma, Speichel
Raspeln dich lebendig, frottieren dich wach mit Zungen.
Nun fangen sie an, dein Kreuz zu benagen.

Der Schrei, den du nicht zu schreien wagst in diesen Augenblicken,
Wird dich ein Lebenlang dauern.

III Tell

This was my dream. Suddenly my old steel bow
Sprang into my hand and my whole body
Leaned into the bend a harp frame
So perfectly strung it seemed weightless.

I saw the Raven sitting alone
On the crest of the globe. I could see
The Raven's eye agleam in the sky river
Like an emblem on a flowing banner.

I saw the Raven's eye watching me
Through the slitted fabric of the skyflow.
I bent the bow's full weight against the star
In that eye until I could see nothing

But that star. Then as I sank my aim
Deeper into the star that had grown
To fill the Universe I heard a whisper:
›Be careful. I'm here. Don't forget me.‹

With all my might – I hesitated.

III Tell

Dies war mein Traum. Plötzlich sprang mir mein alter Stahlbogen
In die Hand, und mein ganzer Körper
Lehnte sich in die Beugung, ein Harfenrahmen,
So vollkommen gespannt, daß er gewichtlos schien.

Ich sah den Raben allein sitzen
Auf der Helmzier des Erdballs. Ich konnte
Des Raben Auge funkeln sehn im Himmelsfluß
Wie ein Emblem auf einem flatternden Banner.

Ich sah, wie das Rabenauge mich beobachtete
Durch den zerschlissenen Stoff des Himmelsflusses,
Das volle Gewicht des Bogens zog ich gegen den Stern
In jenem Auge, bis ich nichts mehr sehen konnte

Als diesen Stern. Dann, indem ich mein Ziel
Tiefer in den Stern senkte, der aufgewachsen war,
Das All zu erfüllen, hörte ich ein Raunen:
›Sei vorsichtig. Ich bin hier. Vergiß mich nicht.‹

Mit aller Macht – zögerte ich.

Dust As We Are

My post-war father was so silent
He seemed to be listening. I eavesdropped
On the hot line. His lonely sittings
Mangled me, in secret – like TV
Watched too long, my nerves lasered.
Then, an after image of the incessant
Mowing passage of machine-gun effects,
What it filled a trench with. And his laugh
(How had that survived – so nearly intact?)
Twitched the curtain never quite deftly enough
Over the hospital wards
Crowded with his (photographed) shock-eyed pals.

I had to use up a lot of spirit
Getting over it. I was helping him.
I was his supplementary convalescent.
He took up his pre-war *joie de vivre*.
But his displays of muscular definition
Were a bleached montage – lit landscapes:
Swampquakes of the slime of puddled soldiers
Where bones and bits of equipment
Showered from every shell-burst.
                                                  Naked men
Slithered staring where their mothers and sisters
Would never have to meet their eyes, or see
Exactly how they sprawled and were trodden.

So he had been salvaged and washed.
His muscles very white – marble white.
He had been heavily killed. But we had revived him.
Now he taught us a silence like prayer.
There he sat, killed but alive – so long
As we were very careful. I divined,

Staub, der wir sind

Mein Vater-nach-dem-Krieg war so schweigsam,
Daß er selbst ein Lauschen zu sein schien. Ich horchte heimlich mit
Am heißen Draht. Sein einsames Dasitzen
Machte mich insgeheim weich, wie Fernsehn,
Vor dem man zu lange sitzt; es löcherte meine Nerven.
Dann ein Nachbild vom unaufhörlich
Mähenden Streichen der Maschinengewehrsalven und dem,
Womit sie einen Graben füllten. Und sein Lachen
(Wie hatte das überlebt – so beinah unversehrt?)
Zog niemals ganz und geschickt genug den Vorhang zu
Vor der Krankenhausstation,
Überbelegt von seinen (photographierten) Kameraden mit ihren
schockgeweiteten Augen.

Eine Menge Mut mußte ich aufbringen,
Um darüber wegzukommen. Ich half ihm.
Ich war sein Hilfsmitkonvaleszent.
Er nahm seine *joie de vivre* der Vorkriegszeit wieder auf.
Aber seine vorgespielt bildscharfen Muskeln
Waren eine ausgebleichte Montage – belichtete Landschaften:
Sumpfbeben aus dem Schleim zermatschter Soldaten,
Wo es mit jeder Granatexplosion
Knochen und Ausrüstungsstücke regnete.
Nackte Männer
Glitschten stier starrend dort, wo ihnen ihre Mütter und Schwestern
Nie hätten in die Augen sehen können oder ganz genau hätten sehen müssen,
Wie sie alle Viere von sich streckten und zertrampelt wurden.

Er war also gerettet und gereinigt worden.
Seine Muskeln ganz weiß – marmorweiß.
Er war erheblich getötet worden. Aber wir hatten ihn wiederbelebt.
Nun lehrte er uns Stille wie ein Gebet.
Da saß er, getötet, doch lebendig – so lange,
Wie wir sehr vorsichtig waren. Ich erahnte

With a comb,
Under his wavy, golden hair, as I combed it,
The fragility of skull. And I filled
With his knowledge.
                    After mother's milk
This was the soul's food. A soap-smell spectre
Of the massacre of innocents. So the soul grew.
A strange thing, with rickets – a hyena.
No singing – that kind of laughter.

Mit einem Kamm
Unter seinem welligen goldnen Haar, indem ich es kämmte,
Die Zerbrechlichkeit des Schädels. Und ich füllte mich
Mit seinem Wissen.
Nach der Muttermilch
War dies meine Seelennahrung. Ein nach Seife riechendes Gespenst
Aus einem Massaker an Unschuldigen. So wurde die Seele.
Ein seltsames Ding, rachitisch – eine Hyäne.
Kein Singen – diese Art Gelächter.

Sacrifice

Born at the bottom of the heap. And as he grew upwards
The welts of his brow deepened, fold upon fold.
Like the Tragic Mask.
Cary Grant was his living double.

They said: When he was little he'd drop
And kick and writhe, and kick and cry:
›I'll break my leg! I'll break my leg!‹
Till he'd ground his occiput bald.

While the brothers built cords, moleskins, khakis
Into dynastic, sweated ziggurats,
His fateful forehead sank
Away among Westerns, the ruts of the Oregon Trail.

Screwdriver, drill, chisel, saw, hammer
Were less than no use.
A glass-fronted cabinet was his showpiece.
His wife had locked him in there with the china.

His laugh jars at my ear. That laugh
Was an elastic vault into freedom.
Sound as a golfball.
He'd belt it into the blue.

He never drank in a bar. When he stood
Before he'd stepped she'd plumped the cushions beneath him.
So perfectly kept.
Sundays they drove here and there in the car.

An armchair Samson. Baffled and shorn
His dream bulged into forearms
That performed their puppet-play of muscles
To make a nephew stare. He and I

Opfer

Geboren am untern Ende der Leiter. Und als er hoch wuchs,
Vertieften sich die Striemen auf seiner Stirn, Falte um Falte.
Wie die Tragödenmaske.
Cary Grant war sein genaues Ebenbild.

Sie erzählten: Als er noch klein war, hätte er sich fallen lassen,
Getreten und sich gewunden, und getreten und geschrien:
›Ich werd mir das Bein brechen! Ich werd mir das Bein brechen!‹
Bis er seinen Hinterkopf kahl gescheuert hatte.

Während die Brüder aus Kord, Moleskin und Khaki
Dynastische, verschwitzte Zikkurate aufbauten,
Versenkte sich seine schicksalschwere Stirn
Tief in Western, in die Furchen des Oregon Trails.

Schraubenzieher, Bohrer, Meißel, Säge, Hammer
Waren weniger als nutzlos.
Eine verglaste Vitrine war sein Schaustück.
Seine Frau hatte ihn mitsamt dem Porzellan darin eingeschlossen.

Sein Gelächter schnarrt an meinem Ohr. Dieses Lachen
War ein elastischer Sprung in die Freiheit.
Munter wie ein Golfball.
Er schmetterte ihn hinaus ins Blaue.

Nie trank er in einer Bar. Wenn er dastand,
Noch eh er einen Schritt tat, warf sie schon Kissen vor ihn hin.
So vorbildlich im Haus gehalten.
Sonntags fuhren sie mit dem Wagen mal hier-, mal dorthin.

Ein Lehnstuhl-Samson. Verwirrt und verkürzt,
Wölbte sich sein Traum in Unterarmen,
Die ihr Marionettenmuskelspiel vorführten
Zum Staunen eines Neffen. Er und ich

Lammed our holly billets across Banksfields –
A five-inch propeller climbing the skylines
For two, three seconds – to the drop. And the paced-out length
Of his leash! The limit of human strength!

Suddenly he up and challenged
His brothers for a third of the partnership.
The duumvirate of wives turned down their thumbs.
Brotherly concern – Rain from Rochdale!

Snow from Halifax! Stars over valley walls!
His fireside escape
Simple as leaping astride a bare-back pinto
Was a kick at the ceiling, and that laugh.

He toiled in his attic after midnight
Mass-producing toy ducks
On wooden wheels, that went with clicks.
Flight! Flight!

The brothers closed their eyes. They quivered their jowls:
British Columbia's the place for a chap like thee!
The lands of the future! Look at Australia –
Crying out for timber buildings! Get out there!

On the canal bridge bend, at Hawkscluffe,
A barrel bounced off a lorry.
His motorbike hit the wall.
›I just flew straight up – and when I dropped

I missed the canal! I actually missed the canal!
I nearly broke the bank! For once
I landed smack on my feet!
My shoelaces burst from top to bottom!‹

Schlugen unsre Stechpalmenscheiben hoch über Banksfields –
Ein Fünfzollpropeller, der am Horizont aufstieg
Zwei, drei Sekunden – bis er runterfiel. Und wie weit
Seine lange Leine reichte! Bis an die Grenze menschlicher Kraft!

Plötzlich stand er auf und forderte
Von seinen Brüdern ein Drittel der Anteile.
Das Duumvirat der Frauen drehte die Daumen nach unten.
Sache der Brüder – Regen von Rochdale!

Schnee aus Halifax! Sterne über Talwänden!
Seine Flucht von zu Haus,
Einfach, wie rittlings auf einen ungesattelten Schecken gesprungen,
War ein Tritt nach der Decke, und dann jenes Lachen.

Nach Mitternacht schuftete er in seiner Mansarde
An einer Massenproduktion von Spielzeugenten
Auf hölzernen Rädern, die klackernd liefen.
Nur weg! Nur weg!

Die Brüder schlossen ihre Augen. Sie zitterten mit ihren Unterkiefern:
Britisch-Kolumbien ist der Ort für einen Kerl wie dich!
Die Länder der Zukunft! Guck dir Australien an –
Die schreien nach Holzhäusern! Scher dich dahin!

Auf der Kanalbrückenkurve bei Hawkscluffe
Sprang ein Faß von einem LKW.
Sein Motorrad knallte gegen die Wand.
›Ich flog steil hoch – und als ich runterfiel,

Fiel ich nicht in den Kanal! Ich bin tatsächlich nicht in den Kanal gefallen!
Fast hätte ich die Uferbank gesprengt! Ein einziges Mal
Bin ich voll auf meinen Füßen gelandet!
Meine Schnürsenkel sind geplatzt von oben bis unten!‹

His laugh thumped my body.
When he tripped
The chair from beneath him, in his attic,
Midsummer dusk, his sister, forty miles off,

Cried out at the hammer blow on her nape.
And his daughter
Who'd climbed up to singsong: ›Supper, Daddy‹
Fell back down the stairs to the bottom.

Sein Lachen erschütterte meinen Körper.
Als er unter sich
Den Stuhl wegzog in seiner Mansarde,
Mittsommer-Dämmerung, schrie vierzig Meilen weit weg seine Schwester

Auf beim Hammerschlag in ihr Genick.
Und seine Tochter,
Die hochgestiegen war, um ›Abendessen Pappi‹ zu leiern,
Fiel hinterrücks die Stiege hinunter.

Walt

I Under High Wood

Going up for the assault that morning
They passed the enclosure of prisoners.
›A big German stood at the wire,‹ he said,
›A big German, and he caught my eye.
And he cursed me. I felt his eye curse me.‹

Halfway up the field, the bullet
Hit him in the groin. He rolled
Into a shell-hole. The sun rose and burned.
A sniper clipped his forehead. He wormed
Deeper down. Bullet after bullet
Dug at the crater rim, searching for him.
Another clipped him. Then the sniper stopped.

All that day he lay. He went walks
Along the Heights Road, from Peckett to Midgley,
Down to Mytholmroyd (past Ewood
Of his ancestors, past the high-perched factory
Of his future life). Up the canal bank,
Up Redacre, along and down into Hebden,
Then up into Crimsworth Dene, to their old campground
In the happy valley.
And up over Shackleton Hill, to Widdop,
Back past Greenwood Lea, above Hardcastles,
To Heptonstall – all day
He walked about the valley, as he lay
Under High Wood in the shell-hole.

I knew the knot of scar on his temple.

We stood in the young March corn
Of a perfect field. His fortune made.

Walt

I Unterm Hochwald

Als sie an diesem Morgen zum Angriff antraten,
Kamen sie am Gefangenenlager vorbei.
›Ein großer Deutscher stand am Draht‹, sagte er,
›Ein großer Deutscher, und er zog meinen Blick auf sich.
Und er verfluchte mich. Ich fühlte, wie sein Blick mich verfluchte.‹

Auf halbem Weg über das Feld traf ihn
Die Kugel in die Leiste. Er rollte
In einen Granattrichter. Die Sonne stieg auf und brannte.
Ein Heckenschütze streifte seine Stirn. Er wühlte sich
Tiefer ein. Kugel um Kugel
Grub sich in den Trichterrand, suchte nach ihm.
Eine andere Kugel streifte ihn. Dann hörte der Heckenschütze auf.

Den ganzen Tag über lag er da. Er ging Wege
Entlang der Heights Road von Peckett nach Midgley,
Hinab nach Mytholmroyd (vorbei am Ewood
Seiner Vorfahren, vorbei an der hochgelegenen Fabrik,
Seiner zukünftigen Existenz). Den Kanaldamm hinauf,
Hoch nach Redacre, weiter und hinab nach Hebden,
Dann hinauf nach Crimsworth Dene zu ihrer alten Lagerstelle
Im ›Glücklichen Tal‹.
Und hoch über Shackleton Hill nach Widdop,
Zurück über Greenwood Lea, oberhalb von Hardcastles,
Nach Heptonstall – den ganzen Tag
Wanderte er durch das Tal, während er
Unterm Hochwald im Granattrichter lag.

Ich kannte den Narbenknoten an seiner Schläfe.

Wir standen im jungen Märzkorn
Eines vollkommenen Feldes. Sein Glück hatte er gemacht.

His life's hope over. Me beside him
Just the age he'd been when that German
Took aim with his eye and hit him so hard
It brought him and his wife down together,
With all his children one after the other.

A misty rain prickled and hazed.
›Here,‹ he hazarded. ›Somewhere just about here.
This is where he stopped me. I got this far.‹

He frowned uphill towards the skyline tree-fringe
As through binoculars
Towards all that was left.

II The Atlantic

Night after night he'd sat there,
Eighty-four, still telling the tale.
With his huge thirst for anaesthetics.
›Time I were dead,‹ I'd heard. ›I want to die.‹

That's altered.
                    We lean to a cliff rail
Founded in tremblings.
Beneath us, two thousand five hundred
Miles of swung worldweight
Hit England's western wall
With a meaningless bump.

›Aye!‹ he sighs. Over and over. ›Aye!‹
And massages his temples.

Can he grasp what's happened? His frown
Won't connect. Familiar eagle frown –
Dark imperial eye. The ground flinches.

Seine Hoffnungen lagen hinter ihm. Ich stand neben ihm,
Genau in seinem Alter, als dieser Deutsche
Ihn anvisiert und so hart getroffen hatte,
Daß es ihn und seine Frau zusammen umgeworfen hatte
Mit all seinen Kindern, eins nach dem andern.

Dunstiger Regen prickelte und vernebelte.
›Hier‹, sagte er aufs Geratewohl, ›irgendwo gerade hier.
Da hat er mich gestellt. So weit kam ich.‹

Er runzelte die Stirn bergauf zum baumbestandenen Horizont,
Als richte er ein Fernglas
Auf alles, was noch geblieben war.

II Der Atlantik

Nacht um Nacht saß er da,
Vierundachtzig Jahre alt, und immer noch erzählte er seine Geschichte.
Mit seiner ungeheuren Gier nach Betäubungsmitteln.
›Zeit, daß ich tot wär‹, hatte ich gehört. ›Ich will sterben.‹

Das ist anders geworden.
Wir lehnen uns an ein Klippengeländer,
Das feststeht im Zittern.
Unter uns treffen zweitausendfünfhundert
Meilen wogendes Weltgewicht
Auf Englands westliche Wand
Mit einem bedeutungslosen Bums.

›Aye!‹ seufzt er. Wieder und wieder. ›Aye!‹
Und reibt seine Schläfen.

Kann er begreifen, was geschehen ist? Sein Stirnrunzeln
Stellt keine Verbindung her. Familiäres Adlerrunzeln –
Dunkles herrscherliches Auge. Der Boden weicht zurück.

Mountains of dissolution
Boil cold geysers, bespatter us.
Tranquillizers,
Steroids, and a whole crateful
Of escapist Madeira, collided
Three evenings ago –

They swamped and drowned
The synapses, the breath-born spinnaker shells
Of consonants and vowels.
I found him
Trying to get up out of a chair,
Fish-eyed, and choking, clawing at air,
Dumbness like a bone stuck in his throat.
He's survived with a word – one last word.
A last mouthful. I listen.
And I almost hear a new baby's
Eyeless howl of outrage – sobered to ›Aye!‹
Sighed slow. Like blessed breath. He breathes it.

I dare hardly look at him. I watch.
He'd crept into my care.
A cursed hulk of marriage, a full-rigged fortune
Cast his body, crusted like Job's,
Onto my threshold. Strange Dead Sea creature.
He crawled in his ruins, like Timon.
The Times Index was his morning torture.
Fairy gold of a family of dead leaves.
›Why?‹ he'd cried. ›Why can't I just die?‹
His memory was so sharp – a potsherd.
He raked at his skin, whispering ›God! God!‹
Nightly, a nurse eased his scales with ointment.

I've brought him out for air. And the cliffs. And there
The sea towards America – wide open.
Untrodden, glorious America!
Look, a Peregrine Falcon – they're rare!

Berge, die sich auflösen,
Kochen kalte Geysire hoch, bespritzen uns.
Beruhigungsmittel,
Steroide und eine ganze Kiste voll
Wirklichkeitsfluchtmadeira kollidierten
Drei Abende zuvor –

Sie überschwemmten und ertränkten
Die Synapsen, diese vom Atem gebornen Spinnakernußschalen
Der Konsonanten und Vokale.
Ich fand ihn,
Als er versuchte, aus einem Stuhl aufzustehen,
Fischäugig, würgend, in die Luft krallend,
Stummheit steckte ihm wie ein Knochen in der Kehle.
Er hat überlebt mit einem Wort – einem letzten Wort.
Einem letzten Mundvoll. Ich lausche.
Und fast höre ich eines neugebornen Kindes
Blindes Wutgeheul – ernüchtert zu ›Aye!‹.
Schwach geseufzt. Wie segensreicher Atem. Er atmet ihn.

Kaum wage ich ihn anzublicken. Ich beobachte.
Er ist in meine Obhut gekrochen.
Ein verfluchter, abgetakelter Überrest aus einer Ehe, ein aufgetakeltes Glück
Warf seinen Körper, verkrustet wie der Hiobs,
Auf meine Schwelle. Merkwürdige Kreatur aus dem Toten Meer.
Er kroch in seinen Trümmern wie Timon.
Der *Times*-Index war seine allmorgendliche Folter.
Feengold einer Familie aus toten Blättern.
›Warum?‹ hatte er geschrien. ›Warum kann ich nicht einfach sterben?‹
Sein Gedächtnis war so scharf – wie eine Tonscherbe.
Er zerkratzte seine Haut, wisperte ›Gott! Gott!‹
Allnächtlich linderte eine Krankenschwester seine Schuppenflechte mit Salbe.

Ich habe ihn raus an die Luft gebracht. Zu den Klippen. Und dort ist
Die See Richtung Amerika – weit offen.
Unbetretnes, ruhmreiches Amerika!
Schau, ein Wanderfalke – sie sind selten!

Nothing will connect.
He peers down past his shoes
Into a tangle of horizons –

Black, tilted bedrock struggling up,
Mouthing disintegration.

Every weedy breath of the sea
Is another swell of overwhelming.
Meaningless. And a sigh. Meaningless.

Now he's closed his eyes. He caresses
His own skull, over and over, comforting.
The Millmaster, the Caesar whose frown
Tossed my boyhood the baffling coin ›guilty‹.
His fingers are my mother's. They seem astray
In quaverings and loss
As he strokes and strokes at his dome.
The sea thuds and sighs. Bowed at the rail
He seems to be touching at a wound he dare not touch.
He seems almost to find the exact spot.
His eyelids quiver, in the certainty of touch –

And ›Aye!‹ he breathes. ›Aye!‹

We turn away. Then as he steadies himself,
Still gripping the rail, his reaching stare
Meets mine watching him. I can't escape it
Or hold it. Walt! Walt!
I bury it
Hugger-mugger anyhow
Inside my shirt.

Nichts will sich zusammenfügen.
Er späht hinunter, vorbei an seinen Schuhen
In ein Gewirr von Horizontlinien –

Schwarzes, schräges Grundgestein, kämpft sich hoch,
Mault Verwitterung.

Jeder tangige Atemzug der See
Ist ein neuer überwältigender Schwall.
Bedeutungslos. Und ein Seufzer. Bedeutungslos.

Jetzt hat er seine Augen geschlossen. Er streichelt
Seinen eigenen Schädel, immer wieder, tröstet sich.
Der Fabrikherr, der Cäsar, dessen Stirnrunzeln
Mir als Kind die beschämende Münze ›schuldig‹ zuwarf.
Seine Finger sind die meiner Mutter. Sie scheinen verirrt
Im Zittern und Verlieren,
Wenn er wieder und wieder sein Schädeldach streicht.
Die See schlägt dumpf und seufzt. Über das Geländer gebeugt,
Scheint er eine Wunde zu berühren, an die er nicht zu rühren wagt.
Fast scheint er die genaue Stelle zu treffen.
Seine Lider zittern, gewiß der Berührung –

Und ›Aye!‹ atmet er. ›Aye!‹

Wir wenden uns ab. Dann trifft, während er sich selbst stützt,
Immer noch die Hand am Geländer, sein auslangendes Starren
Meins, wie ich ihn beobachte. Ich kann ihm weder entrinnen,
Noch es festhalten. Walt! Walt!
Ich begrabe es
Irgendwie hopplahopp
In meinem Hemd.

Little Whale Song

for Charles Causley

What do they think of themselves
With their global brains –
The tide-power voltage illumination
Of those brains? Their X-ray all-dimension

Grasp of this world's structures, their brains budded
Clone replicas of the electron world
Lit and re-imagining the world,
Perfectly tuned receivers and perceivers,

Each one a whole tremulous world
Feeling through the world? What
Do they make of each other?

›We are beautiful. We stir

Our self-colour in the pot of colours
Which is the world. At each
Tail-stroke we deepen
Our being into the world's lit substance,

And our joy into the world's
Spinning bliss, and our peace
Into the world's floating, plumed peace.‹

Their body-tons, echo-chambered,

Amplify the whisper
Of currents and airs, of sea-peoples

And planetary manoeuvres,
Of seasons, of shores, and of their own

Kleines Wal-Lied

für Charles Causley

Was denken sie von sich selbst
Mit ihren globalen Hirnen –
Mit der Hochspannungs-Erleuchtung dieser Hirne
Durch Gezeitenkraft? Ihrem Alldimensions-Röntgen-

Begriff von den Strukturen dieser Welt, ihren Hirnen, geknospt zu
Klonkopien der Elektronen-Welt,
Erleuchtet und wiedereinbildend die Welt,
Vollkommen getunte Empfänger und Empfinder.

Jeder von ihnen eine ganze, vibrierende Welt,
Die Welt durchfühlend? Was
Halten sie voneinander?

›Wir sind schön. Wir rühren

Unsere Eigenfarbe in den Farbkessel,
Der die Welt ist. Mit jedem
Schwanzschlag vertiefen wir
Unser Dasein in den erleuchteten Stoff der Welt

Und unsre Lust in die Welt aus
Strudelndem Glück und unsren Frieden
In den strömenden federgeschmückten Frieden der Welt!‹

Ihre Tonnenkörper, echo-durchhallt,

Verstärken das Wispern
Von Strömungen und Brisen, von Seevölkern

Und planetarischen Manövern,
Von Jahreszeiten, von Ufern und von ihrer eignen

Moon-lifted incantation, as they dance
Through the original Earth-drama
In which they perform, as from the beginning,
The Royal House.
                    The loftiest, spermiest

Passions, the most exquisite pleasures,
The noblest characters, the most god-like
Oceanic presence and poise –

The most terrible fall.

Monderhobnen Beschwörung, während sie tanzen
Durch das ursprüngliche Erdendrama,
In dem sie, wie von Anbeginn, darstellen
Das Königliche Haus.
Die hochmütigsten, pottwaligsten

Leidenschaften, die allerfeinsten Vergnügungen,
Die nobelsten Charaktere, den am meisten gottgleichen
Ozeanischen Auftritt voll Gelassenheit –

Den schrecklichsten Fall.

Anniversary

My mother in her feathers of flame
Grows taller. Every May Thirteenth
I see her with her sister Miriam. I lift
The torn-off diary page where my brother jotted
›Ma died today‹ – and there they are.
She is now as tall as Miriam.
In the perpetual Sunday morning
Of everlasting, they are strolling together
Listening to the larks
Ringing in their orbits. The work of the cosmos,
Creation and destruction of matter
And of anti-matter
Pulses and flares, shudders and fades
Like the Northern Lights in their feathers.

My mother is telling Miriam
About her life, which was mine. Her voice comes, piping,
Down a deep gorge of woodland echoes:
›This is the water-line, dark on my dress, look,
Where I dragged him from the reservoir.
And that is the horse on which I galloped
Through the brick wall
And out over the heather simply
To bring him a new pen. This is the pen
I laid on the altar. And these
Are the mass marriages of him and his brother
Where I was not once a guest.‹ Then suddenly
She is scattering the red coals with her fingers
To find where I had fallen
For the third time. She laughs
Helplessly till she weeps. Miriam
Who died at eighteen
Is Madonna-like with pure wonder

Jahrestag

Meine Mutter in ihrem Flammengefieder
Wird größer. Jeden 13. Mai
Seh ich sie mit ihrer Schwester Miriam. Ich hebe
Die herausgerissene Tagebuchseite auf, auf der mein Bruder notiert hat
›Mama starb heute‹ – und da sind sie wieder.
Sie ist nun so groß wie Miriam.
Im immerwiederkehrenden Sonntagmorgen
Der Ewigkeit gehen sie gemeinsam spazieren
Und hören den Lerchen zu,
Wie sie klingen in ihrem Orbit. Die Arbeit des Kosmos,
Schöpfung und Zerstörung von Materie
Und Antimaterie,
Pulsiert und flackert, schaudert und schwindet
Wie die Nordlichter in ihrem Gefieder.

Gerade erzählt meine Mutter Miriam
Von ihrem Leben, das meines war. Ihre Stimme kommt flötend
Aus einer tiefen Schlucht von Wald-Echos:
›Hier der Wasserrand, dunkel auf meinem Kleid, schau,
Da zog ich ihn aus dem Stausee.
Und das ist das Pferd, auf dem ich
Durch die Ziegelmauer galoppierte
Und hinaus über die Heide, nur
Um ihm einen neuen Füller zu bringen. Dies ist der Füller,
Den ich auf den Altar legte. Und dies
Sind die vielen Hochzeiten, seine und die seines Bruders,
Bei denen ich nicht mal zu Gast war.‹ Dann
Zerstreut sie plötzlich die glühenden Kohlen mit ihren Fingern,
Um herauszufinden, wo ich zum dritten Mal
Gefallen war. Sie lacht
Hilflos, bis sie weinen muß. Miriam,
Die mit achtzehn gestorben ist,
Ist madonnenhaft rein verwundert,

To hear of all she missed. Now my mother
Shows her the rosary prayers of unending worry,
Like pairs of shoes, or one dress after another,
›This is the sort of thing,‹ she is saying,
›I liked to wear best.‹ And: ›Much of it,
You know, was simply sitting at the window
Watching the horizon. Truly
Wonderful it was, day after day,
Knowing they were somewhere. It still is.
Look.‹

And they pause, on the brink
Of the starry dew. They are looking at me.
My mother, darker with her life,
Her Red Indian hair, her skin
So strangely olive and other-worldly,
Miriam now sheer flame beside her.
Their feathers throb softly, iridescent.
My mother's face is glistening
As if she held it into the skyline wind
Looking towards me. I do this for her.

She is using me to tune finer
Her weeping love for my brother, through mine,
As if I were the shadow cast by his approach.

As when I came a mile over fields and walls
Towards her, and found her weeping for him –
Able for all that distance to think me him.

Als sie hört, was sie alles verpaßt hat. Nun zeigt ihr meine Mutter
Den Rosenkranz endloser Sorge,
Wie Schuhpaare oder ein Kleid nach dem andern.
›Dies sind so die Sachen‹, sagt sie,
›Die ich am liebsten trug.‹ Und: ›Viel davon war,
Weißt du, nur so am Fenster sitzen
Und den Horizont betrachten. Wirklich, es war
Wunderschön, Tag für Tag,
Zu wissen, daß es sie gab. Es ist immer noch schön.
Schau.‹

Und sie halten inne am Rand
Des Sternen-Taus. Sie schauen nach mir.
Meine Mutter, die Dunklere, mit ihrem Leben,
Ihrem indianischen Haar, ihrer Haut,
So seltsam olivfarben und andersweltlich,
Miriam nun reine Flamme neben ihr.
Ihr Gefieder bewegt sich leicht, schillert.
Das Gesicht meiner Mutter leuchtet,
Als ob sie es in den Wind vom Horizont hielte,
Während sie auf mich blickt. Das tue ich für sie:

Sie benutzt mich, stimmt ihre Trauer-Liebe
Zu meinem Bruder feiner durch mich,
Als wär ich der Schatten, den sein Näherkommen wirft.

Als wenn ich eine Meile über Felder und Mauern
Auf sie zukäme und sie vorfände, wie sie um ihn weinte –
Über die ganze Entfernung hinweg hatte sie denken können, ich sei er.

You Hated Spain

Spain frightened you. Spain
Where I felt at home. The blood-raw light,
The oiled anchovy faces, the African
Black edges to everything, frightened you.
Your schooling had somehow neglected Spain.
The wrought-iron grille, death and the Arab drum.
You did not know the language, your soul was empty
Of the signs, and the welding light
Made your blood shrivel. Bosch
Held out a spidery hand and you took it
Timidly, a bobby-sox American.
You saw right down to the Goya funeral grin
And recognized it, and recoiled
As your poems winced into chill, as your panic
Clutched back towards college America.
So we sat as tourists at the bullfight
Watching bewildered bulls awkwardly butchered,
Seeing the grey-faced matador, at the barrier
Just below us, straightening his bent sword
And vomiting with fear. And the horn
That hid itself inside the blowfly belly
Of the toppled picador punctured
What was waiting for you. Spain
Was the land of your dreams: the dust-red cadaver
You dared not wake with, the puckering amputations
No literature course had glamorized.
The juju land behind your African lips.
Spain was what you tried to wake up from
And could not. I see you, in moonlight,
Walking the empty wharf at Alicante
Like a soul waiting for the ferry,
A new soul, still not understanding,
Thinking it is still your honeymoon
In the happy world, with your whole life waiting,
Happy, and all your poems still to be found.

Du haßtest Spanien

Spanien erschreckte dich. Spanien,
Wo ich mich zu Hause fühlte. Das blutwunde Licht,
Die öligen Sardinengesichter, die afrikanisch
Schwarzen Ränder an allem erschreckten dich.
Deine Schulbildung hatte Spanien irgendwie überschlagen.
Die schmiedeeisernen Gitter, den Tod und die arabische Trommel.
Du kanntest die Sprache nicht, deine Seele war bar
Dieser Zeichen, und das schweißende Licht
Ließ dein Blut verdorren. Bosch
Hielt dir eine Spinnenhand hin, und du nahmst sie
Ängstlich, eine Amerikanerin in Söckchen.
Du sahst direkt auf Goyas Leichenbegängnis-Grinsen,
Du erkanntest es wieder und schaudertest zurück,
Wie deine Gedichte zurückzuckten in Kälte, wie deine Angst
Sich wieder festkrallte ans College Amerika.
So saßen wir als Touristen beim Stierkampf,
Beobachteten befremdet, wie Stiere ungeschickt gemetzgert wurden,
Sahen den graugesichtigen Matador an der Schranke
Direkt unter uns, wie er sein gebogenes Schwert hochreckte
Und sich vor Angst erbrach. Und wie das Horn,
Das sich versteckte im Schmeißfliegenbauch
Des gestürzten Picadors, auf den Punkt brachte,
Was dich erwartete. Spanien
War das Land deiner Träume: der staubrote Kadaver,
Mit dem du nicht aufzuwachen wagtest, die runzligen Gliederstümpfe,
Die kein Literaturkurs verklärt hatte.
Das Juju-Land hinter deinen afrikanischen Lippen.
Spanien war das, wovon du zu erwachen suchtest
Und nicht konntest. Ich seh dich im Mondlicht
Gehn über die leere Werft von Alicante
Wie eine Seele, die auf ihre Fähre wartet,
Eine junge Seele, die noch nicht Bescheid weiß,
Denkt, es wären immer noch deine Flitterwochen
In einer Welt des Glücks, dein Leben eine einzige Erwartung
Voll Glück, und all deine Gedichte noch zu finden.

The Earthenware Head

Who modelled your head of terracotta?
Some American student friend.
Life-size, the lips half-pursed, raw-edged
With crusty tooling – a naturalistic attempt
At a likeness that just failed. You did not like it.
I did not like it. Unease magnetized it
For a perverse rite. What possessed us
To take it with us, in your red bucket bag?
November fendamp haze, the river unfurling
Dark whorls, ferrying slender willow yellows.
The pollard willows wore comfortless antlers,
Switch-horns, leafless. Just past where the field
Broadens and the path strays up to the right
To lose the river and puzzle for Grantchester,
A chosen willow leaned towards the water.
Above head height, the socket of a healed bole-wound,
A twiggy crotch, nearly an owl's porch,
Made a mythic shrine for your double.
I fitted it upright, firm. And a willow tree
Was a Herm, with your head, watching East
Through those tool-stabbed pupils. We left it
To live the world's life and weather forever.

You ransacked Thesaurus in your poem about it,
Veiling its mirror, rhyming yourself into safety
From its orphaned fate.
But it would not leave you. Weeks later
We could not seem to hit on the tree. We did not
Look too hard – just in passing. Already
You did not want to fear, if it had gone,
What witchcraft might ponder it. You never
Said much more about it.
                                        What happened?
Maybe nothing happened. Perhaps

Der irdene Kopf

Wer modellierte deinen Kopf aus Terrakotta?
Irgendein amerikanischer Studienfreund.
Lebensgroß, krustiger Umriß, die Lippen halbgespitzt,
Kantig und rauh – ein naturalistischer Versuch
Auf eine Ähnlichkeit hin, die knapp verfehlt wurde. Du mochtest ihn nicht.
Ich mochte ihn nicht. Unbehagen zog
Einen perversen Ritus auf ihn. Was hat uns besessen,
Ihn mitzunehmen in deiner roten Beuteltasche?
Novembrig fennfeucht der Dunst, der Fluß entrollte
Dunkle Wirbel, führte schlankes Weidengelb.
Die gekappten Weiden trugen trostlose Geweihe,
Hörner aus blattlosen Gerten. Grad hinter der Stelle, wo das Feld
Breiter wird und der Pfad abschweift nach rechts,
Den Fluß verläßt und sich verirrt Richtung Grantchester,
Lehnte eine auserwählte Weide dem Wasser zu.
Oberhalb Kopfhöhe bildete die Höhlung einer verheilten Baumwunde
Eine zweigige Gabelung, fast eine Eulenveranda,
Einen mythischen Schrein für dein Gegenstück.
Ich setzte es aufrecht und sicher hinein. Und ein Weidenbaum
War eine Herme geworden mit deinem Kopf, der nach Osten sah
Durch die von Werkzeug gestochenen Pupillen. Wir ließen ihn dort zurück
Zum ewigen Leben und Verwittern mit der Welt.

Du hast den Thesaurus geplündert für dein Gedicht über ihn,
Seinen Spiegel verhüllt, dich selbst in Sicherheit gereimt
Vor seinem Waisenschicksal.
Aber er wollte dich nicht verlassen. Wochen später
Konnten wir irgendwie den Baum nicht mehr finden. Wir schauten
Nicht genau genug hin – nur so im Vorbeigehen. Noch
Wolltest du dich damit nicht ängstigen,
Welche Hexenmacht über ihm brüten könnte   wenn er denn weg wäre. Du
Hast nicht mehr darüber gesprochen.
Was war geschehen?
Möglicherweise nichts. Vielleicht

It is still there, representing you
To the sunrise, and happy
In its cold pastoral, lips pursed slightly
As if my touch had only just left it.
Or did boys find it – and shatter it? Or
Did the tree too kneel finally?
Surely the river got it. Surely
The river is its chapel. And keeps it. Surely
Your deathless head, fired in a furnace,
Face to face at last, kisses the Father
Mudded at the bottom of the Cam,
Beyond recognition or rescue,
All our fears washed from it, and perfect,
Under the stained mournful flow, saluted
Only in summer briefly by the slender
Punt-loads of shadows flitting towards their honey
And the stopped clock.
                                        Evil.
That was what you called the head. Evil.

Ist er immer noch da, hält dich
Dem Sonnenaufgang entgegen, ist glücklich
In seinem kalten Idyll, leicht gespitzt die Lippen,
Als ob ich ihn eben noch berührt hätte.
Oder haben ihn Jungen gefunden – und zerschmettert? Oder
Ist endlich auch der Baum niedergekniet?
Gewiß hat der Fluß ihn bekommen. Gewiß
Ist nun der Fluß seine Kapelle. Und bewahrt ihn auf. Gewiß
Küßt dein todloser, in einem Schmelzofen gebrannter Kopf
Endlich von Angesicht zu Angesicht den Vater
Im Schlamm am Grunde des Cam,
Im Jenseits von Erkennen oder Erlösung.
All unsere Ängste sind von ihm abgewaschen, makellos
Ruht er in der schmutzigtrauernden Flut, nur im
Sommer grüßen ihn kurz die schlanken,
Von Stak-Kähnen belasteten Schatten, die ihrem Honig entgegenflitzen
Und der angehaltnen Uhr.
                                        Böse.
Genauso nanntest du den Kopf. Böse.

The Tender Place

Your temples, where the hair crowded in,
Were the tender place. Once to check
I dropped a file across the electrodes
Of a twelve-volt battery – it exploded
Like a grenade. Somebody wired you up.
Somebody pushed the lever. They crashed
The thunderbolt into your skull.
In their bleached coats, with blenched faces,
They hovered again
To see how you were, in your straps.
Whether your teeth were still whole.
The hand on the calibrated lever
Again feeling nothing
Except feeling nothing pushed to feel
Some squirm of sensation. Terror
Was the cloud of you
Waiting for these lightnings. I saw
An oak limb sheared at a bang.
You your Daddy's leg. How many seizures
Did you suffer this god to grab you
By the roots of the hair? The reports
Escaped back into clouds. What went up
Vaporized? Where lightning rods wept copper
And the nerve threw off its skin
Like a burning child
Scampering out of the bomb-flash. They dropped you
A rigid bent bit of wire
Across the Boston City grid. The lights
In the Senate House dipped
As your voice dived inwards

Right through the bolt-hole basement.
Came up, years later,

Die empfindliche Stelle

Deine Schläfen, wo das Haar sich hineindrängte,
Waren die empfindliche Stelle. Einmal ließ ich
Zum Versuch eine Feile fallen quer über die Elektroden
Einer Zwölf-Volt-Batterie – sie explodierte
Wie eine Granate. Irgendjemand hatte dich verdrahtet.
Irgendjemand drückte den Hebel. Sie knallten
Dir den Blitzschlag in den Schädel.
In ihren gebleichten Mänteln, mit bleichen Gesichtern
Flatterten sie wieder herbei,
Um zu sehen, wie es dir ging in deinen Strippen.
Ob deine Zähne noch ganz waren.
Die Hand am feingestellten Hebel
Fühlte wieder nichts,
Außer, daß sie nichts fühlte, und sie drückte, um irgendeine
Sensationsregung zu fühlen. Du warst
Eine Wolke aus Schrecken: die
Wartete auf diese Blitze. Ich sah
Einen Eichenast, abgespalten mit einem Schlag.
Du, deines Vaters Bein. Wieviele Besitzergreifungen
Erlittest du von diesem Gott, der dich packte
An den Wurzeln deiner Haare? Die Berichte
Verzogen sich in Wolken. Was stieg
Verdunstet auf? Dahin, wo Blitzableiter Kupfer schwitzten
Und Nerven ihre Haut abwarfen,
Wie ein brennendes Kind
Hinaushetzt aus dem Bombenblitz. Sie ließen dich fallen,
Ein starr gebogenes Stückchen Draht
Quer über das Bostoner Stromnetz. Die Lichter
Im Senatorenhaus wurden dunkler,
Als deine Stimme nach innen tauchte

Geradewegs durch das Schlupfloch im Keller.
Jahre später kam sie wieder hoch,

Over-exposed, like an X-ray –
Brain-map still dark-patched
With the scorched-earth scars
Of your retreat. And your words,
Faces reversed from the light,
Holding in their entrails.

Überbelichtet wie ein Röntgenstrahl –
Da war die Landkarte deines Hirns immer noch voll dunkler Flecken,
Narbig von der verbrannten Erde
Deines Rückzugs. Und deine Wörter
Mit ihren lichtabgewandten Gesichtern
Hielten ihr Innerstes zurück.

Being Christlike

You did not want to be Christlike. Though your Father
Was your God and there was no other, you did not
Want to be Christlike. Though you walked
In the love of your Father. Though you stared
At the stranger your Mother.
What had she to do with you
But tempt you from your Father?
When her great hooded eyes lowered
Their moon so close
Promising the earth you saw
Your fate and you cried
Get thee behind me. You did not
Want to be Christlike. You wanted
To be with your Father
In wherever he was. And your body
Barred your passage. And your family
Which were your flesh and blood
Burdened it. And a god
That was not your Father
Was a false god. But you did not
Want to be Christlike.

Wie Christus sein

Du wolltest nicht sein wie Christus. Obwohl dein Vater
Dein Gott war und es keinen anderen gab, wolltest du nicht
Sein wie Christus. Obwohl du wandeltest
In der Liebe deines Vaters. Obwohl du um so
Befremdeter auf deine Mutter starrtest.
Was hatte die mit dir zu schaffen,
Als dich zur Abkehr vom Vater zu versuchen?
Wenn ihre großen verschleierten Augen
Ihren Mond noch mehr senkten, ganz nah, und
Dir die Erde versprachen, stand dir
Dein Schicksal vor Augen und du riefst:
Tritt hinter mich. Du wolltest nicht
Wie Christus sein. Du wolltest
Bei deinem Vater sein,
Worin auch immer er war. Und dein Körper
Versperrte deinen Weg zu ihm. Und deine Familie,
Die dein Fleisch und Blut war,
Belasteten ihn. Und ein Gott,
Der nicht dein Vater war,
War ein falscher Gott. Aber du wolltest nicht
Sein wie Christus.

The God

You were like a religious fanatic
Without a god – unable to pray.
You wanted to be a writer.
Wanted to write? What was it within you
Had to tell its tale?
The story that has to be told
Is the writer's God, who calls
Out of sleep, inaudibly: ›Write.‹
Write what?

Your heart, mid-Sahara, raged
In its emptiness.
Your dreams were empty.
You bowed at your desk and you wept
Over the story that refused to exist,
As over a prayer
That could not be prayed
To a non-existent God. A dead God
With a terrible voice.
You were like those desert ascetics
Who fascinated you,
Parching in such a torturing
Vacuum of God
It sucked goblins out of their finger-ends,
Out of the soft motes of the sun-shaft,
Out of the blank rock face.
The gagged prayer of their sterility
Was a God.
So was your panic of emptiness – a God.

You offered him verses. First
Little phials of the emptiness
Into which your panic dropped its tears

Der Gott

Du warst wie eine religiöse Fanatikerin
Ohne Gott – unfähig zu beten.
Du wolltest Schriftstellerin sein.
Wolltest schreiben? Was war das in dir,
Das seine Geschichte erzählen mußte?
Die Geschichte, die erzählt werden muß,
Ist der Gott des Schriftstellers, der
Unhörbar aus dem Schlaf ruft: ›Schreib.‹
Was schreiben?

Dein Herz, mittlere Sahara, wütete
In seiner Leere.
Deine Träume waren leer.
Du beugtest dich über deinen Schreibtisch und weintest
Über die Geschichte, die sich weigerte zu sein,
Wie über ein Gebet,
Das nicht gebetet werden konnte
Zu einem nicht-seienden Gott. Ein toter Gott
Mit einer schrecklichen Stimme.
Du warst wie diese Wüstenasketen,
Die dich faszinierten,
Verdörrend in solch quälender
Gottesleere,
Die saugte Kobolde aus ihren Fingerspitzen,
Aus den sanften Sonnenstäubchen des Sonnenstrahls,
Aus der blanken Oberfläche des Felsens.
Das geknebelte Gebet ihrer Unfruchtbarkeit
War ein Gott.
Und so war auch deine Panik vor der Leere – ein Gott.

Du botest ihm Verse. Zuerst
Kleine Phiolen der Leere,
Darein deine Panik ihre Tränen tropfte:

That dried and left crystalline spectra.
Crusts of salt from your sleep.
Like the dewy sweat
On some desert stones, after dawn.
Oblations to an absence.
Little sacrifices. Soon

Your silent howl through the night
Had made itself a moon, a fiery idol
Of your God.
Your crying carried its moon
Like a woman a dead child. Like a woman
Nursing a dead child, bending to cool
Its lips with tear-drops on her finger-tip,
So I nursed you, who nursed a moon
That was human but dead, withered and
Burned you like a lump of phosphorus.

Till the child stirred. Its mouth-hole stirred.
Blood oozed at your nipple,
A drip feed of blood. Our happy moment!

The little god flew up into the Elm Tree.
In your sleep, glassy eyed,
You heard its instructions. When you woke
Your hands moved. You watched them in dismay
As they made a new sacrifice.
Two handfuls of blood, your own blood,
And in that blood gobbets of me,
Wrapped in a tissue of story that had somehow
Slipped from you. An embryo story.
You could not explain it or who
Ate at your hands.
The little god roared at night in the orchard,
His roar half a laugh.

Die trockneten und hinterließen kristalline Spektren.
Salzkrusten deines Schlafs.
Wie der tauige Schweiß
Auf irgendwelchen Wüstensteinen nach Dämmerung.
Opfergaben an eine Abwesenheit.
Kleine Opfer. Bald

Hatte dein stummes Heulen durch die Nacht
Sich selbst zum Mond gemacht, einem feurigen Idol
Deines Gottes.
Dein Weinen trug seinen Mond
Wie eine Frau ihr totes Kind. Wie eine Frau,
Die ihr totes Kind nährt, sich herabbeugt,
Seine Lippen zu kühlen mit Tränen auf ihren Fingerspitzen,
So nährte ich dich, die einen Mond nährte,
Der menschlich, doch tot war, welkte und
Dich verbrannte wie einen Klumpen Phosphor.

Bis das Kind sich bewegte. Seine Mundöffnung sich regte.
Blut aus deiner Brustwarze sickerte,
Ein Tropfen Nahrung aus Blut. Unser Augenblick voll Glück!

Der kleine Gott flog empor in die Ulme.
In deinem Schlaf hörtest du
Mit glasigen Augen seine Befehle. Wenn du aufwachtest,
Bewegten sich deine Hände. Du beobachtetest sie bestürzt,
Als sie ein neues Opfer brachten.
Zwei Händevoll Blut, dein eignes Blut,
Und in diesem Blut Stücke von mir,
Verpackt in ein Gewebe Geschichte, die dir irgendwie
Entschlüpft war. Eine Embryo-Geschichte.
Du konntest sie nicht erklären, noch sagen, wer
An deinen Händen fraß.
Der kleine Gott brüllte nachts im Obstgarten,
Sein Brüllen halb Gelächter.

You fed him by day, under your hair-tent,
Over your desk, in your secret
Spirit house, you whispered,
You drummed on your thumb with your fingers,
Shook Winthrop shells for their sea-voices,
And gave me an effigy – a Salvia
Pressed in a Lutheran Bible.
You could not explain it. Sleep had opened.
Darkness poured from it, like perfume.
Your dreams had burst their coffin.
Blinded I struck a light

And woke upside down in your spirit-house
Moving limbs that were not my limbs,
And telling, in a voice not my voice,
A story of which I knew nothing,
Giddy
With the smoke of the fire you tended
Flames I had lit unwitting
That whitened in the oxygen jet
Of your incantatory whisper.

You fed the flames with the myrrh of your mother
The frankincense of your father
And your own amber and the tongues
Of fire told their tale. And suddenly
Everybody knew everything.
Your God snuffed up the fatty reek.
His roar was like a basement furnace
In your ears, thunder in the foundations.

Then you wrote in a fury, weeping,
Your joy a trance-dancer
In the smoke in the flames.
›God is speaking through me,‹ you told me.
›Don't say that,‹ I cried, ›Don't say that.

Du füttertest ihn am Tag unter deinem Haarzelt,
Über deinem Schreibtisch, in deinem geheimen
Geisterhaus, du rauntest,
Du trommeltest mit deinen Fingern auf deinem Daumen,
Schütteltest Winthrop-Muscheln wegen ihrer Meerstimmen
Und gabst mir ein Bildnis – Salvia,
Gepreßt in einer Lutherbibel.
Du konntest es nicht erklären. Schlaf hatte sich geöffnet.
Dunkelheit floß heraus wie Parfüm.
Deine Träume hatten ihren Sarg gesprengt.
Geblendet riß ich ein Licht an

Und wachte kopfüber auf in deinem Geisterhaus,
Bewegte Glieder, die nicht meine Glieder waren,
Und erzählte mit einer Stimme, die nicht meine Stimme war,
Eine Geschichte, von der ich nichts wußte,
Schwindlig
Vom Rauch des Feuers, das du hütetest,
Der Flammen, die ich unwissend entzündet hatte,
Die weiß wurden im Sauerstoffzustrom
Deines Beschwörungsgeraunes.

Du nährtest die Flammen mit der Myrrhe deiner Mutter,
Dem Weihrauch deines Vaters
Und deinem eigenen Bernstein, und die Zungen
Aus Feuer erzählten ihr Märchen. Und plötzlich
Wußte ein jeder alles.
Dein Gott sog den fettigen Dunst ein,
Sein Brüllen war wie das eines Kellerofens
In deinen Ohren, Donner in den Fundamenten.

Dann schriebst du weinend vor Wut,
Deine Freude war ein Trancetänzer
Im Rauch der Flammen.
›Gott spricht durch mich‹, sagtest du mir.
›Sag das nicht‹, schrie ich, ›sag das nicht.

That is horribly unlucky!‹
As I sat there with blistering eyes
Watching everything go up
In the flames of your sacrifice
That finally caught you too till you
Vanished, exploding
Into the flames
Of the story of your God
Who embraced you
And your mummy and your daddy –
Your Aztec, Black Forest
God of the euphemism Grief.

Das bringt schreckliches Unglück!‹,
Während ich dasaß mit brennenden Augen
Und alles aufgehen sah
In den Flammen deines Opfers,
Das schließlich auch nach dir griff, bis du
Verschwandest, zerfetzt
In den Flammen
Der Geschichte deines Gottes,
Der dich umarmte
Und deine Mama und deinen Papa –
Dein aztekischer, Schwarzer-Wald-
Gott des Euphemismus LEID.

The Locket

Sleeping and waking in the Song of Songs
You were half-blissful. But on occasion
Casually as a yawn, you'd open
Your death and contemplate it.

Your death
Was so utterly within your power
It was as if you had trapped it. Maybe by somehow
Giving it some part of you, for its food.
Now it was your curio pet,
Your familiar. But who else would have nursed it
In a locket between her breasts!

Smiling, you'd hold it up.
You'd swing it on its chain, to tease life.
It lent you uncanny power. A secret, blueish,
Demonic flash
When you smiled and gently bit the locket.

I have read how a fiery cross
Can grow and brighten in the dreams of a spinster.
But a crooked key turned in your locket.
It had sealed your door in Berlin
With the brand of the burnt. You knew exactly
How your death looked. It was a long-cold oven
Locked with a swastika.

The locket kept splitting open.
I would close it. You would smile.
Its lips kept coming apart – just a slit.
The clasp seemed to be faulty.
Who could have guessed what it was trying to say?
Your beauty, a folktale wager,
Was a quarter century posthumous.

Das Medaillon

Im Schlaf und beim Erwachen im Hohenlied
Warst du beinahe glückselig. Aber gelegentlich,
Zufällig wie ein Gähnen, öffnetest du
Deinen Tod und schautest ihn an.

Dein Tod
War so ausgesprochen in deiner Macht,
Als ob du ihn eingefangen hättest. Vielleicht, indem du
Ihm einen Teil von dir zum Fraß vorgeworfen hattest.
Nun war er dein kurioses Hätschelkind,
Dein Vertrauter. Aber wer sonst hätte ihn genährt
In einem Medaillon zwischen den Brüsten!

Lächelnd hieltest du ihn empor.
Du ließest ihn an seiner Kette schwingen, um das Leben zu necken.
Er verlieh dir unheimliche Macht. Ein geheimer, bläulicher,
Dämonischer Blitz,
Wenn du lächeltest und sanft in das Medaillon bißt.

Ich habe gelesen, wie ein feuriges Kreuz
Aufwachsen und heller werden kann in den Träumen einer alten Jungfer.
Aber ein krummer Schlüssel drehte sich in deinem Medaillon.
Er hatte deine Tür in Berlin versiegelt
Mit dem Brandzeichen der Verbrannten. Du wußtest genau,
Wie dein Tod aussah. Er war ein lang erkalteteter Ofen,
Verschlossen mit einem Hakenkreuz.

Das Medaillon ging immer wieder auf.
Ich schloß es. Du lächeltest dann.
Seine Lippen teilten sich immer wieder – nur einen Schlitz breit.
Die Schließe schien einen Fehler zu haben.
Wer konnte wissen, was es sagen wollte?
Deine Schönheit war wie der Preis in einem Märchen,
Schon ein Vierteljahrhundert über den Tod hinaus.

While I juggled our futures, it kept up its whisper
To my deafened ear: *fait accompli*.

Während ich mit unserer Zukunft jonglierte, raunte es immer weiter
In mein ertaubtes Ohr: *fait accompli.*

Shibboleth

Your German
Found its royal licence in the English
Your mother had bought (peering into the future)
By mail order, from Fortnum and Mason. Your Hebrew
Survived on bats and spiders
In the guerrilla priest-hole
Under your tongue. Nevertheless,
At the long-weekend Berkshire county table,
In a dizzy silence, your cheekbones
(From the Black Sea, where the roses bloom thrice)
Flushed sootier –
Stared at by English hounds
Whose tails had stopped wagging. When the lips lifted,
The trade-routes of the Altai
Tangled in your panic, tripped you. It was
The frontier glare of customs.
The gun-barrels
Of the imperious noses
Pointed at something pinioned. Then a drawl:
›Lick of the tar-brush?‹
There you saw it,
Your lonely Tartar death,
Surrounded and ›dumb like the bound
Wolf on Tolstoy's horse‹.

Schibboleth

Dein Deutsch
Bekam seine königliche Lizenz in Englisch,
Das deine Mutter (in die Zukunft spähend) per Post
Bestellt hatte bei Fortnum & Mason. Dein Hebräisch
Überlebte auf Fledermäusen und Spinnen
Im Partisanenversteck
Unter deiner Zunge. Dennoch wurden
An einem langen Berkshire-Wochenende bei Tisch
In einer verwirrten Stille deine Wangenknochen
(Vom Schwarzen Meer, wo die Rosen dreimal blühen)
Rußiger rot –
Angestarrt von englischen Hunden,
Die mit dem Schwanzwedeln aufhörten. Als sie die Zähne bleckten,
Verwirrten sich die Verkehrswege des Altai
In deiner Angst, ließen dich straucheln. Es war
Der Grenzerblick an Zollschranken.
Die Geschützrohre
Der gebieterischen Nasen zeigten
Auf etwas, das sie gestellt hatten. Dann ein gedehntes:
»Wohl unter'n Teerbesen geraten?«
Dort sahst du ihn,
Deinen einsamen Tatarentod,
Umstellt und ›stumm wie der gefesselte
Wolf auf Tolstois Pferd‹.

Folktale

He did not know she had risen out of cinders.
She knew he had nothing.
So they ransacked each other. What he wanted
Was the gold, black-lettered pelt
Of the leopard of Ein-Gedi.
She wanted only the runaway slave.
What he wanted was Turgenev's antimacassar.
She wanted escape without a passport.
What he wanted was Bach's aerobatic
Gutturals in Arabic.
She wanted the enemy without his gun.
He wanted the seven treasures of Asia –
Skin, eyes, lips, blood, hair knotted roughly
In seven different flags.
She wanted the silent heraldry
Of the purple beech by the noble wall.
He wanted Cabala the ghetto demon
With its polythene bag full of ashes.
She wanted only shade from the noon's
Broken-armed Catherine Wheel
Under an island leaf. She wanted
A love-knot Eden-cool as two lob-worms
And a child of acorn.
He wanted a mother of halva.
She wanted the hill-stream's tabula rasa.
He wanted the thread-end of himself.
So they ransacked each other for everything
That could not be found. And their fingers met
And were wrestling, like flames
In the crackling thorns
Of everything they lacked –
as midnight struck.

Volksmärchen

Er wußte nicht, daß sie aus Asche erstanden war.
Sie wußte, daß er nichts hatte.
So durchstöberten sie sich gegenseitig. Er wollte
Das goldene, schwarzbeschriftete Fell
Des Leoparden von En-Gedi.
Sie wollte nur den entlaufenen Sklaven.
Er wollte Turgenjews Antimakassar.
Sie wollte ohne Paß entkommen.
Er seinerseits wollte Bachs luftakrobatische
Gutturale auf Arabisch.
Sie wollte den Feind ohne sein Gewehr.
Er wollte die sieben Schätze Asiens –
Haut, Augen, Lippen, Blut, Haar grob verknotet
Zu sieben verschiedenen Flaggen.
Sie wollte die stille Heraldik
Der Blutbuche neben der vornehmen Mauer.
Er wollte Kabbala, den Ghettodämon
Mit seinem Plastikbeutel voll Asche.
Sie wollte nur Schatten vor dem mittäglichen
Feuerrad mit gebrochnen Speichen
Unter einem Inselblatt. Sie wollte
Ein kühles Eden, in Liebe verknotet wie zwei Regenwürmer
Und ein Kind aus Eichel.
Er wollte eine Mutter aus Halva.
Sie wollte des Hügelstroms Tabula rasa.
Er wollte das Ende seines eigenen Fadens.
So durchstöberten sie einander nach allem,
Was nicht zu finden war. Und ihre Finger trafen sich
Und rangen miteinander wie Flammen
In den knisternden Dornen
Von allem, was ihnen fehlte –
als es Mitternacht schlug.

Descent

You had to strip off Germany
The crisp shirt with its crossed lightnings
And go underground.
You were forced to strip off Israel
The bodice woven of the hairs of the cactus
To be bullet-proof, and go deeper.
You had to strip off Russia
With those ear-rings worn in honour
Of Eugene Onegin. And go deeper.
You had to strip off British Columbia
And the fish-skin mock-up waterproof
From the cannery, with its erotic motif
Of porcupine quills, that pierced you
And came with you, working deeper
As you moved deeper.
Finally you had to strip off England
With your wedding rings
And go deeper.
                    Then suddenly you were abandoned
By the gem-stones, rubies, emeralds, all you had hoarded
In a fold of paper
At the back of a drawer – you had thought
These would protect you in the end,
Urim and Thummim. Cowardly
They scattered in the splinters of weeping
As your own hands, stronger than your choked outcry,
Took your daughter from you. She was stripped from you,
The last raiment
Clinging round your neck, the sole remnant
Between you and the bed
In the underworld
                    Where Inanna
Has to lie naked, between strata
That can never be opened, except as a book.

Abkunft, Niedergang

Du mußtest dir Deutschland ausziehen,
Das steife Hemd mit seinen Überkreuzblitzen,
Und in den Untergrund gehen.
Du warst gezwungen, Israel auszuziehn,
Das aus Kaktushaar gewobene Mieder,
Damit es kugelfest würde, und tiefer gehn.
Du mußtest Rußland ausziehn
Mit diesen Ohrringen, getragen zu Ehren
Eugen Onegins. Und tiefer gehn.
Du mußtest Britisch-Kolumbien ausziehn
Und den Regenmantel aus künstlicher Fischhaut
Von der Konservenfabrik, mit seinem erotischen Motiv
Aus Stachelschweinstacheln, die dich durchbohrten
Und mit dir kamen, sich tiefer einarbeiteten,
Während du selbst tiefer gingst.
Schließlich mußtest du England ausziehen
Mit deinen Hochzeitsringen
Und tiefer gehn.
                                Und plötzlich warst du verlassen
Von deinen Edelsteinen, Rubinen, Smaragden, allem, was du gehortet hattest
In einer Papiertüte
Hinten in einer Schublade – du hattest gedacht,
Am Ende würden sie dich schützen,
Urim und Tummim. Feig
Verstreuten sie sich in Tränensplitter,
Als deine eigenen Hände, stärker als dein erstickter Aufschrei,
Deine Tochter von dir nahmen. Sie wurde dir ausgezogen
Als das letzte Gewand,
Das dir um den Hals hing, das einzig Verbliebne
Zwischen dir und dem Bett
In der Unterwelt,
                                Wo Inanna
Nackt liegen muß zwischen Schichten,
Niemals zu öffnen, es sei denn als Buch.

Lines about Elias

for Thom Gunn

Did music help him? Indeed it helped him.
His crude music, instruments
Imitated uncannily but weirdly
Restored the order of music
Within the terror of the Camp.
They could have been baboons
In some demented phase of tribal breakdown
During a famine, or under the effects
Of a poisonous dust from space.
Yet his music, for its few moments
Ushered them into a formation
Where the Camp did not exist
Where their sorrowful bodies did not exist.

So the scabies on his belly the sores and
Inflammations which made Elias
That ferocious clown crow
And ridiculed him, ripping down his trousers
Fighting with him in the mud
They did not touch his music
Did not adhere to any note of it
Or disturb his performance
Through which his fellow-prisoners escaped
Their rags, their last few horrible hours, their next few
Frightful possibly fatal days, sooner
Or later nearly certainly fatal days
Standing aside from them, stepping a little
Out of the time corridor, standing in a group
Just outside it, where the air was still,

Verse über Elias

für Thom Gunn

Hat ihm die Musik geholfen? Ja, sie hat ihm geholfen.
Seine krude Musik auf
Ungefügen Nachbauten, doch geisterhaft
Stellten sie die Ordnung der Musik wieder her
Im Schrecken des Lagers.
Paviane hätten sie sein können
In irgendeiner wahnsinnigen Zeit, als die Horde unterging,
Bei einer Hungersnot oder unter den Auswirkungen
Eines giftigen Staubs aus dem Weltraum.
Doch seine Musik, so kurz sie nur dauerte,
Brachte sie in eine Formation,
In der kein Lager mehr war,
In der ihre leidvollen Körper nicht mehr waren.

Die Krätze auf seinem Bauch, die Wunden und
Entzündungen, die Elias zu
Dieser wilden närrischen Krähe machten,
Zu einem Possenreißer, ihm die Hosen herunterrissen,
Mit ihm im Schlamm kämpften,
An seine Musik rührten sie nicht,
Hefteten sich nicht an eine ihrer Noten,
Störten nicht seine Vorstellung,
Durch die seine Mitgefangenen
Ihren Lumpen entkamen in ihren paar letzten schrecklichen Stunden, ihren paar nächsten
Wahrscheinlich tödlichen Tagen voller Furcht, diesen früher
Oder später mit Sicherheit tödlichen Tagen,
Neben ihnen standen sie, leicht herausgetreten
Aus dem Gang der Zeit, in einer Gruppe,
Hart außen vor, wo die Luft anhielt,

In the solidarity of souls, where music uttered
The dumbness of naked bodies
As if it were the inside of the earth
And everything else –
The hours where their soft surfaces
Tore against the hard –
Were merely rags
It happened to wear, and could ignore.

Music poured out of nowhere
Strange food
And made them for those moments unaware
Of their starvation and indifferent
To their humanity
While the guards too, shedding and
Escaping their humanity
Lowered themselves into the sound
As into a communal bath
Where all were anonymous new-born
Innocent all equally
Innocent equally defenceless

The guards indeed more defenceless
More terribly naked needing
The music more

Im Gleichklang von Seelen, da Musik
Die Stummheit nackter Körper singt,
Als wäre die das Innere der Erde
Und alles sonst –
Die Stunden, da sich ihre weichen Hüllen
Am Harten aufrissen –
Nichts als Lumpen,
Die man zufällig am Leib trug und genausogut hätte vergessen können.

Musik strömte aus dem Nirgendwo,
Eine seltsame Nahrung,
Nahm ihnen für diese Augenblicke das Bewußtsein
Ihres Hungerns, machte sie gleichgültig
Gegenüber ihrer Menschlichkeit,
Derweil auch die Wächter, die ihre Menschlichkeit
Abgelegt hatten, ihr entlaufen waren,
Sich hinabließen in den Klang
Wie in ein Gemeinschaftsbad,
Aus dem sie alle namenlos neugeboren wurden,
Alle im gleichen Maß unschuldig,
Unschuldig so gut wie wehrlos

Doch bedurften die Wächter, wahrhaft wehrloser
Und furchtbarer nackt,
Der Musik noch mehr

Finale

At the end of the ritual
                                        up comes a goblin.

Schlußszene

Am Ende des Rituals
kommt ein Kobold hoch.

Anhang

Nachwort

Eine Fotografie aus dem Jahr 1960, aufgenommen im Treppenhaus des englischen Verlagshauses Faber & Faber, ein Blitzlicht auf drei Generationen englischer Lyrik: T. S. Eliot, W. H. Auden, Louis MacNeice, Stephen Spender und Ted Hughes, dessen zweiter Gedichtband, *Lupercal*, soeben erschienen ist. Drei Jahre zuvor hat Hughes mit seinem ersten Gedichtband, *The Hawk in the Rain*, nicht nur debütiert: Unter 287 Einsendungen haben die Juroren Auden, Spender und Marianne Moore das Gedichtmanuskript des jungen Engländers mit dem ›New York Poetry Award‹ ausgezeichnet. Die Jury würdigt damit ein Werk, »which has focus, is aglow with feeling, with conscience; sensibility is awake, embodied in appropriate diction«. Dieses Urteil wird von der literarischen Kritik angenommen. Vergleichbar der Wirkung von Enzensbergers ebenfalls 1957 erschienener *verteidigung der wölfe* markiert auch *The Hawk in the Rain* den Durchbruch nicht nur einer neuen großen Begabung, sondern einen Einschnitt in die Dichtung der Nachkriegszeit.

»Emergence of a major poet«: auch als Prophetie hat dieses Urteil Bestand. In über vierzig Jahren kontinuierlicher Arbeit als Lyriker, Dramatiker und Übersetzer hat Ted Hughes ein staunenerregend umfangreiches und vielfältiges Werk geschaffen. Zur Zeit hält sein englischer Verlag elf Gedichtbände lieferbar und vierzehn Bücher für Kinder mit Geschichten und Gedichten, darunter den *Iron Man*, der Pete Townsend als Vorlage für ein Musical diente; Übersetzungen oder besser: Adaptionen von Ovids *Metamorphosen*, von Senecas *Ödipus*, von Wedekinds *Frühlings Erwachen* und Lorcas *Bluthochzeit*; eine Sammlung von Prosastücken, zwei größere Studien zu Shakespeare und T. S. Eliot; zu Emily Dickinson, Samuel Coleridge und Keith Douglas hat Hughes Anthologien herausgegeben und eingeleitet. Und die Anzahl seiner Veröffentlichungen reicht weit über all dies hinaus: viele Rezensionen und Aufsätze zur Literatur des 20. Jahrhunderts gehören dazu, vereinzelt erschienene Gedichte und kleinere Gedichtzyklen, entstanden in enger Zusammenarbeit mit bildenden Künstlern wie Leonard Baskin. Gemeinsam mit dem Freund Seamus Heaney hat Hughes zwei Gedichtanthologien für junge Leser zusammengestellt. Besonders gelegen ist ihm an der Verbreitung der osteuropäischen Lyriker Vasko Popa, Miroslav Holub, Zbigniew Herbert und Janosz Pilinszky im englischsprachigen Raum; er fördert sie mit Besprechungen und Einleitungen und im Fall Pilinszkys durch Mitarbeit an der Übersetzung.

Zweifellos besitzt die kulturelle Szene Englands in Ted Hughes einen ihrer markantesten Köpfe. 1984, nach dem Tod von Sir John Betjeman, hat er die Berufung zum Poeta Laureatus der englischen Krone angenommen. Zu seinen Vorgängern im Amt zählen Ben Jonson, Southey, Dryden, Wordsworth, Tennyson, Bridges. Seine pointierten Wortmeldungen, seine Beiträge zur literarischen Bildung in Schulen, nicht zuletzt sein Engagement für den Naturschutz zeigen einen Autor, der eingreift und sich der öffentlichen Diskussion stellt. Nobelpreisträger wie Heaney und Walcott gehören zu denen, die er beeinflußt hat und die ihm freundschaftlich verbunden sind. Im Januar 1998, unmittelbar vor dem spektakulären Erscheinen seines Gedichtbandes *Birthday Letters*, erhält er für seine originäre Adaption der Ovidschen *Metamorphosen* einen der wichtigsten englischen Literaturpreise, den ›Whitbread Award‹.

Geboren wurde Ted Hughes am 17. August 1930 in Mytholmroyd, nur etwa dreißig Kilometer vom Haworth der Brontës entfernt, in einem wilden Tal der Pennine Moors, nahe Halifax in Yorkshire. Sein Vater William, von Beruf Zimmermann, nahm als junger Mann am Ersten Weltkrieg teil; er war einer von zehn Überlebenden einer Kompanie von über 200 Soldaten, die vor Gallipoli aufgerieben wurde. Über die Schweigsamkeit des Vaters, hinter der die furchtbaren Kriegserlebnisse wie hinter einem Schleier verhängt waren, hat Ted Hughes in mehreren Gedichten geschrieben (*Dust as we are*). Auch darin, solche Erlebnisse nur vermutet und erraten zu haben, wurzelt für ihn der Schrecken des Krieges (*Scapegoats and Rabies*).

Zu den Vorfahren von Teds Mutter Edith Farrar zählen möglicherweise der anglikanische Bischof Nicholas Farrar, der in der Regierungszeit der ›Blutigen Maria‹ für seinen Glauben auf dem Scheiterhaufen sterben mußte (*The Martyrdom of Bishop Farrar*), und auch der Begründer einer methodistischen Gemeinde in Little Gidding; er spielt in T.S. Eliots *Four Quartets* eine Rolle, ohne daß sein Name genannt würde. – Die Mutter wußte viele Geschichten von Geistern und mysteriösen Todesfällen im Moor, sie selbst hatte ›Begegnungen‹, und wenn sie von ihrer toten Schwester in jener ›anderen Welt‹ geträumt hatte, so erzählte sie am anderen Morgen ihrer Familie den Traum wie eine wahre Begebenheit. In diesem Teil von West-Yorkshire galt sie deswegen nicht als sonderbar. Noch heute trägt der geheimnisvolle Landstrich den mythischen Namen ›Elmet‹.

Diesem ›Elmet‹ hat Hughes in einem Zyklus mit dem melancholischen Titel *Remains of Elmet* ein literarisches Denkmal gesetzt (*Football at Slack*, *Moors*, *Chinese History of Colden Water*). Es ist die Atmosphäre der ›Badlands‹, dieses traditionellen Schlupfwinkels für Flüchtlinge vor dem Gesetz (Defoe floh hierhin vor seinen Gläubigern); es sind die ›Wuthering Heights‹ der Brontë-Romane, die hier beschworen werden; es ist die Kindheit der Naturerkundung, des Jagens, Fallenstellens und Fischens. Aber es ist mehr: das letzte Refugium der zurückgedrängten keltischen Kultur, des »letzten unabhängigen keltischen Königreichs in England«, zum Schluß eingezogen auf den Ursprung des oberen Calder, bevor auch dieser Fluchtort politisch aufgesogen wurde. Hier hatte der Aufstand des Parlaments gegen die Macht des Königs eine starke, unbeugsame Bastion, hier lag eines der Zentren von Wesleys Methodismus-Bewegung, dem Glauben von Hughes' Kindheit. Und: es war das Land nicht nur des protestantischen Glaubenseifers, sondern auch das des daraus buchstäblich derivierten industriellen Fleißes. Früh im 19. Jahrhundert entstanden hier Kohlengruben und, dank der Flußgewässer und des feuchten Klimas, zahlreiche Textilwebereien. Doch während der dreißiger Jahre dieses Jahrhunderts wurden viele der Webereien, wurden die Kirchen verlassen; die traditionelle Gemeinschaft war ausgeblutet in den gewaltigen Kriegsverlusten, sie zerfiel nun im Zuge der wirtschaftlichen und geistigen Depression; die Textilverarbeitung verlagerte sich nach Osten, der Wald der rauchenden Schornsteine lichtete sich, zurück blieb eine Industriearchitektur von düsterer Wucht, »a grim sort of beauty«. »Gradually«, so empfand es der junge Hughes, »it dawned on you that you were living among the survivors, in the remains.«

Als er 1951 seine Heimat verläßt, um in Cambridge zunächst Englische Philologie, dann Archäologie und Ethnologie zu studieren, nimmt er die keltischen Bestände mit. Das poetische Ingenium, die Sensibilität für die Spurenlese der Schwellen, die janusköpfig Vergangenheit und Zukunft verbindende Fähigkeit des Geistersehens. Zu diesem Zeitpunkt ist ihm die ›Weiße Göttin‹ bereits selbst erschienen, wie sie ihm Robert Graves beschworen hatte: als den suggestiven Synkretismus biblischer, keltischer und griechischer Motive um die eine Zentralfigur eines poetischen Mythos, dem alle Dichtung zu dienen hat in der religiösen Anrufung der Muse, die in Schrecken und Lust das Gemüt des Dichters beherrscht. Im Mythos der ›Weißen Göttin‹ fokussiert sich für Hughes fortan die Überwindung der positivistisch-rational strukturierten Welt; ihr, die in aller Natur gegenwärtig ist, hat die anbetende Verehrung des Dichters jeder Zeit zu gelten, die des alten Barden ebenso wie die des modernen Lyrikers im Laboratorium der Worte. Bereits in seinem frühesten uns überlieferten Gedicht (*Song*) hat dieser Mythos Gestalt gewonnen. Die Aufgabe des Dichters aber ist zugleich eine soziale – so wie es dem keltischen Verständnis selbstverständlich war; so wie es wiederum das Schamanenprinzip der asiatischen und indianischen Kulturen vorsieht: »The results, when the shaman returns to the living, are some display of healing power, or a clairvoyant piece of information. The cathartic effect on the audience, and the refreshing of their religious feeling, must be profound.« Und: »The shamans seem to undergo, at will and at phenomenal intensity, and with practical results, one of the main regenerating dramas of the human psyche: the fundamental poetic event.« (*Regenerations*)

Die Dünnhäutigkeit seiner diesseitigen Welterfahrung gegenüber jener ›anderen Welt‹, in welche die Existenz des ›Schamanen‹ hinüberreicht, hat Hughes selbst zu einem Kernthema seiner Dichtung erklärt. Der Dichter als Schamane überschreitet die Grenze zur ›Anderswelt‹, um sein dort gewonnenes Wissen wiederum an die Gegenwart zu vermitteln, ja um diese anzuschließen an die versteckten Aggregate der Schöpfung, damit der unterbrochene Kraftstrom wieder in Fluß gerät. Fluß-Metaphorik, eine der zentralen im Werk von Ted Hughes, hat immer auch darin ihre Bewegungsrichtung, ihren ›Sinn‹: hinter dem geschändeten Körper, dem mit Abfall vollgestopften, zur Kloake degenerierten Göttlichen, bleibt das durch seine Schändung hindurch dominante Prinzip erkennbar: ruhig und selbstgewiß. Mit diesem schamanistischen Selbstverständnis vertritt Hughes durchaus einen *Typus* des künstlerischen Widerstands gegen »verhirnte und verstofflichte Zeitalter« (George). In Joseph Beuys etwa ist seine bildkünstlerische Entsprechung gegeben, erfüllt von religiösem Pathos, das vor der Pose nicht zurückschreckte: nach einem Prozeß mystischer Selbstheilung die Heilung durch Grenzüberschreitung auch anderen kündend, auf Apparaturen, Installationen, Aktionen sinnend, die den elektromechanischen Einsinn des Maschinenwesens in spiritueller Kraftentfaltung dynamisieren. Zugleich aber wird im spielerischen Ritual, in der witzigen Subversion, der Ernst solcher Machinationen gebrochen, werden das Übermächtige, Unverständliche, Beängstigende gebannt und der Verfügung durch das künstlerische Ingenium unterstellt.

Ein Erfinder solcher poetisch-spielerischen Kraftmaschinen ist auch der Lyriker Ted Hughes.

»With the dynamo of any poet – any unusual poet – it is impossible to tell which is decisive, whether the peculiar forces of his time or his own peculiar make-up.« Beunruhigend schon an der »emergence« des Poeten Ted Hughes war und blieb vor allem ein Aspekt: der von Gewalt. ›Violence‹ – Verletzung hat man ihm vorgeworfen, er selbst hat sich mit diesem Vorwurf mehrfach auseinandergesetzt und die Wunde, die er geschlagen hatte, gewendet. Wir haben uns angewöhnt, zwischen der diagnostischen und prognostischen Gewaltdarstellung und den depravierten Formen ›um ihrer selbst willen‹ zu unterscheiden; und wir unterschlagen dabei häufig die gerade im Künstler oft unverhohlene Faszination durch Gewalt. Ihr ins Auge sehen, sie mit der Kraft dichterischer Vergegenwärtigung beschwören, heißt, ihr Bild wie das der Medusa im Spiegel fangen und sie und die Angst vor dem Unaussprechlichen überwinden. Texte wie Kafkas *In der Strafkolonie* und Ernst Jüngers *In den Wirtschaftsräumen* (im *Abenteuerlichen Herzen*) sind solche Grenzgänge in Jedermanns Niemandsland. Was aber könnte Gewaltlosigkeit im Werk eines Dichters überhaupt bedeuten? Leicht wird sie das zweischneidig Stumpfe mit Rücksicht aufs politisch Korrekte. Leicht hat sie ihren Grund in Resistenz und Unverletzbarkeit, die sich den Eindrücken ihrer Umwelt nicht bis aufs Messer ausliefert. Wie rasch wird sie zur Farce von Sentiment und Mitgefühl, das nicht schneidend in die Konventionalismen des Geredes hineinfährt, ein Liebedienern nach zuviel Seiten. Mit solch frommer Denkungsart hat sich Hughes nicht gemeingemacht. Er läßt die Kraßheiten einer Wirklichkeit erscheinen, in die wir alle auch als fleischfressende Aufklärer unaufhörlich verwickelt sind: die Schlachtung eines Schweins, nach deren Vollzug es wie eine Schwelle gescheuert wird (*View of a Pig*), und es *ist* eine Schwelle; das Federmesser an der Kehle des Huhns – aber eben auch das gegen seine Mithühner gewetzte Messer im Hirn dieses Huhns selbst (*The Hen*); die eigenartigen Virtuosenscherze einer unergründlich launenhaften Natur, die ihre Bildungen so leichthin hervorbringt wie ungerührt verwirft (*Crane-fly in September; The Green Wolf; Earth-Numb*); die grausamen Kapriolen einer sich verschließenden Schöpfung in der Geburt eines nicht lebensfähigen Lamms (*Sheep*), in der Existenz eines auf Tod hin komponierten Menschen (*You Hated Spain*); das Skandalon des Vergehens von Blüte und Frucht (*Apple

Dumps; *Leaves*); Beziehungslosigkeit und materialistischer Rausch der Liebenden (*Bawdry Embraced, Bride and Groom*); Depotenzierung durch soziale Bindungen (*Sacrifice*) und durch politisch-militärische Gewaltakte (*Scapegoats and Rabies, Dust As We Are*). Durch das Pathos der Hinnahme, selbst durch das Pathos der Affirmation – »My poems are not about violence but vitality« (Guardian-Interview, 23. 3. 1965) – vibriert in Hughes' Gedichten immer das Pathos der Empörung und der Erinnerung; Dichtung ist darin stets auch Monument, das dem Vergänglichen gesetzt, darin zumal Vergehendes ›gerettet‹ wird: der Dichter nicht nur Organ, sondern zugleich Gegenspieler der Kräfte, denen er dienen muß – und will. Abgeraten sei also davon, sich selbst bei Hughes-Gedichten, die dem ersten Blick buchstäblich ›plan‹ scheinen, auf nur eine Bildebene einzuschießen. So wird auch der berüchtigte Killer-Falke von *Hawk Roosting* – als angeblicher Versuch anthropomorpher Empathie in die Seele des Tiers verzerrt zur Zielscheibe mancher Kritik – tiefenscharf erst in seiner altägyptisch-mythischen Bildlichkeit: das heilige Tier des Sonnengotts Re ist er, und der falkenköpfige Horus und Isis, sich in den Roten Milan verwandelnd. Hughes selbst hat auf solche für seine Lyrik essentiellen Zusammenhänge hingewiesen.

Hughes' Gott ist ein Gott aus der Dunkelheit und aus der ›Glockenblume‹ (*Still Life*), er *ist*, er ist machtvoll, er nimmt Formen an – Formen, die *ihn* in Frage stellen, aber viel mehr *uns*. Dieser Gott ist nicht zu Hause in den Konstruktionsbüros, Fabrikationshallen und Fertigteillagern religiöser Systembauer, er ist unerschöpflich durch den Synkretismus der ›Weißen Göttin‹ und im ›Samâdhi‹ weltloser Daseinsverdichtung (*Strangers*). Zwar buchstabiert auch er sich in seinen Emanationen übers Credo des Christentums (*The River*); aber ebensogut liegt er herum als der staubige »Überall-Gott« seines Geschöpfs, der Henne (*The Hen*); taucht er unvermittelt auf als der »Gott aller Springer« (*The Hare*); durchaus könnte er »ein Traumtier« sein, »ein Känguruh im Märzkorn«. Er droht furchterregend als der dunkle Vatergott (*The Tender Place*), stellt sich »tot« vor Gebeten aus der »mittleren Sahara eines Herzens«, brüllt als der »kleine Gott« in der Ulme (*The God*), läßt den wahren Gott Christus als »falsch« erscheinen (*Being Christlike*). In allen Gestalten aber ist er doch immer einer: ein ›Gott, des Euphemismus leid‹. In seinem wohl bekanntesten Zyklus, *Crow*, hat Hughes die anthropologisch tiefsitzende Erwartung an ein Bild Gottes, selbst ein negatives, schlichtweg durch den Comic düpiert. Eine plattfüßige Vaterfigur (*Apple Tragedy*) stellt es einfach auf den Kopf: eine Figur, amüsant und liebenswert in ihrer Menschenhaftigkeit, konfrontiert einer Kunstfigur, die ihrerseits alles Menschenmaß übersteigt, einem boshaften Demiurgen, der grandiosen Karikatur eines Luzifers (*Crow Tyrannosaurus*, *Crow's Vanity*). Die Leerstellen des kosmischen Chaos aber, durch welche der kalte Wind der Ewigkeit pfeift, verhängen auch diese Gesichte nicht. Ein »Blutbißchen« bleibt zurück auf dem Finger, ein winziges, kraftvoll energetisches Stückchen Leben an der Klippe zum Mythos (*Littleblood*). Auch das mag ›Er‹ wohl sein.

»To imagine what you are writing about. See it and live it.« Mit diesem Rat aus seiner Werkstatt an Adepten (*Poetry in the Making*) hat Ted Hughes den Kern seiner Poetik ins Visier genommen. Imaginationskraft, schöne Begeisterung, Inspiration, auch Instinkt: uralter Grund für die Erklärung von Dichtung. »Poetry is not like reasoning – a power to be exerted according to the determination of the will.« (Shelley) »I am like a tiger; if I miss the first spring, I go back grumbling to my jungle again.« (Byron) »It comes as the maggot bites.« (Thomas Gray) Umstritten dagegen jeher die Anteile von ›heilig‹ und ›nüchtern‹, von Vision und Kalkül im poetischen Akt. Hughes' Gedichte sind von Anfang an äußerst verdichtete Kunst-Werke von durchtrieben-handwerklicher Präzision. Die kraftvoll eingesetzten Alliterationen und Lautmalereien, die hämmernde Einsilbigkeit vieler Zeilenfüllungen sind ihren Gegenständen – vom blind-energetischen Jaguar über das Dichtermonster als Gesellschaftslöwen (*Vampire*) bis hin zum brennenden Märtyrer – wie auf den Leib geschrieben, aber sie sind eben auch gefügt, buchstäblich gestabt zum Gedicht. Virtuos die Verstechnik des Dichters: Mal bricht er den Vers jäh, abzielend aufs sinntragende Wort am Anfang der folgenden Zeile, überbindet dabei häufig alliterierend die Lautung: »black-/Back gull bent«, »suddenly-smashed / Stems twitch«, »The tears of their eyes / Too tender to«, »undergone, / Grimace, gasp, gesture of«, »come from Hell even, / Kindled little heavens«, »begging / A ball to be thrown«, »deprived, / Disdaining all«. Mal markiert er, und verhängt doch zugleich, die Versenden im Spiel von Halbreim und Assonanz: »or/straw«, »arrives/eyes«. Dann wieder blitzt, jeder schematischen Ordnung spottend, auch der Vollreim auf, gelegentlich zur Bestätigung eines effektvollen Schlusses (*October Dawn*, *Martyrdom*). Motorik, Torsion und Stauung der Syntax sperren sich dem linearen Verständnis, sie reproduzieren die realitätzersplitternde Agilität des Autors, reflektieren die Wucht der aufschlagenden Impressionen auf dem Spiegel seiner Wahrnehmung. Mit einem erheblichen Arsenal an rhetorischen Werkzeugen gelingt dem Dichter so die Herstellung vitaler Künstlichkeit: In der Kompression durch Partizipialkonstruktionen und Ellipsen, in Asyndeton und Parallelismus, in Paradoxen und Hyperbeln, in der Mehrdeutigkeit seiner Wortbezüge entfaltet er einen hochpersönlich emphatischen, auf Überwältigung drängenden Dichtungsstil. Aber ihm gelingt auch das Innuendo, der assonanzreiche Wohllaut, einlullend und persuasiv.

Bezugspunkte und Lehrmeister des Dichters sind unschwer zu erkennen: es ist die mittelenglische Poesie, vor allem die Alliterations- und Verstechnik von *Sir Gawain and the Green Knight*; Shakespeare natürlich; und dann jene Autoren, die mit suggestiver Melodik, traumhaft-meditativer Bildfindung und metrisch-experimenteller Faktur das Idiom ihrer Zeit expressiv erweitert haben wie Coleridge, Hopkins, aber auch Yeats und Eliot. Hopkins vor allem, ›hard poem's king‹, wie ihn eine glückliche Anagrammfindung beschreibt, ist in diesen frühen Gedichten bis hinein in Bildlichkeit, Tonfall und Rhythmus präsent. Unter den hart gefügten Versen von *The Martyrdom of Bishop Farrar* wird das Martyrium des Heiligen Laurentius aus Hopkins' *Escorial* palimpsestartig erkennbar. Gleich in der ersten Zeile von *The Thought-Fox* – »I imagine this midnight moment's forest:« – schlägt Herzblut im Rhythmus eines der berühmtesten Hopkins-Gedichte: »I caught this morning morning's minion« (*The Windhover*). Hopkins selbst war in hohem Maße interessiert an der Grundschicht seiner Sprache, an Etymologie ebenso wie an den Wirkungen von Alltagssprache, der er seine berühmten technischen Neuerungen wie ›sprung verse‹ (die unmittelbare Folge betonter Silben) und ›outridings‹ (freie metrische Füllung mit unbetonten Silben) ablauschte; Hopkins selbst hatte seine ›originellen‹ Verfahren als längst der Alltagssprache eigentümlich erkannt. In *The Music of Poetry* und im Vorwort zu Bethell's *Shakespeare and the Popular Dramatic Tradition* hat T. S. Eliot diese Tradition aufgenommen und neu beleuchtet. Während er dort die Unfähigkeit des lyrischen Dramas anprangert, den Rhythmus gesprochener Sprache aufzurufen, fordert er hier als dessen Sprache gerade jene, die Leute sprechen würden, »if they could speak in poetry«. Wahrhaft zeitgenössische Dichtung wäre also solche in gesprochener Sprache, die den Leser oder Hörer veranlassen könnte zu sagen: »that is how I should talk if I could talk poetry« (*The Music*). Ganz ähnlich argumentierend hat Hughes sich auf Shakespeares Wurzeln in der Sprache des Volkes bezogen: »Shakespeare's language is somehow nearer to the vital life of English, still, than anything written down since. One reason for this is that it is a virtuoso development of the poetic instincts of English dialect.« (Einleitung zu *A Choice of Shakespeare's Verse*)

Ein solch emphatisch ausgestellter, ja leidenschaftlicher Bezug auf Sprache in ihrer vorstellungzwingenden Kraft mußte auf der lyrischen Szene im England der 50er Jahre Aufsehen erregen. Die rationalistisch-skeptische, bewußte Abspannung der englischen Nachkriegsdichtung (vor allem in der Gruppierung des ›Movement‹) fand hierin ihren unmittelbaren Gegenton. Seamus Heaney hat es einen Aufstand genannt, »rebellion against a certain kind of demeaned, mannerly voice. It's a voice that has no truck with irony because his dialect is not like that« (Gespräch mit John Haffenden, 1979). Spätestens mit dem *Moortown Diary* aber, Impressionen vom Farmleben in Devon, erweiterte Hughes sein Formrepertoire um ein stärker vom Prosaton her empfundenes verszeilig gebrochenes Parlando. Er selbst hat von genügsam »improvisierten Versen«, von Notizen im unmittelbaren Anschluß an die Gelegenheit, von einer Verlängerung des reinen Augensinns und von seinen Versen als »rough lines« gesprochen, denen Kunstcharakter nicht zukomme (Vorwort zu *Moortown Diary*). Diese Gedichte haben sich, wie ihr Autor mit Erstaunen feststellen mußte, nachträglichen Versuchen, sie für eine Veröffentlichung zu bearbeiten, sie mit poetisch reflektierten Techniken zu stilisieren, entzogen. Bereits für die Aufzeichnung am Tag ›nach dem Ereignis‹ hatte gegolten: »The pieces here which begin to look a little more like ›poems‹ mark the occasions where I had ›missed the moment‹ in this way.« Auch die ›rough lines‹ wurden von der Kritik freilich durchaus als ›Kunstwerke‹ und nicht als Tagebucheintragungen wahrgenommen, als »language as physical as a bruise« (John Carey). Von diesem einmal erreichten extremen Umschlagpunkt an der unmittelbaren Grenze zur Prosa hat sich der Ton späterer erzählender, autobiographischer Gedichte wieder zur Mitte des organisierenden Kunstverstandes zurückbewegt. Ihr scheinbarer Prosagestus wird bereits durch den immer latent emphatischen Ton widerrufen, dem Vorsichhinsprechen einzelner Verse zeigt sich sodann die Finesse ihrer klanglichen und rhythmischen Konstruktion, durchaus nicht nur auf der syntagmatischen Sinn-, sondern auch auf der sinneutralen Längsachse. Ein schönes Beispiel hierfür ist die dritte, inhaltlich fast nichtige Strophe von *Walt I*: auf der Längsachse die auf und ab wogende Bewegung der überwiegend einsilbigen Versanfänge »All/Along/Down/Of/Of/Up/Then/In/And/Back/To/He/

Under«, in der Horizontalen ein euphonisches Zusammenspiel der Alliterationen und Assonanzen (»All that day he lay. He went walks«, »past the high-perched factory of his future«, »happy valley«, »the valley, as he lay« usf.) – ein Klangnetz, gewoben um erinnerte Orte, die zurückführen ins Königreich Elmet.

Zweimal hat Ted Hughes seine Gedichtzyklen in *Selected Poems* zusammengefaßt. Die letzte dieser Sammlungen, 1995 zu seinem 65. Geburtstag erschienen, ist Grundlage für die hier gebotene Auswahl. Der englische Text der *New Selected Poems* blieb auch dort maßgeblich, wo er gegenüber der Erstfassung Veränderungen erfahren hat. Die Auswahl wurde nach den Gesichtspunkten der Signifikanz einzelner Gedichte, ihrer Repräsentativität im Verhältnis zum Gesamtcorpus und ihrer Übersetzbarkeit ins Deutsche getroffen. Dabei wurden die erstmals in den *Selected Poems* veröffentlichten »Uncollected Poems« in besonderer Weise berücksichtigt. Die Auswahl aus *Crow* wurde bewußt schmaler gehalten, als dies hätte der Fall sein dürfen, wenn die vorzügliche Gesamtübersetzung von Elmar Schenkel (Klett-Cotta 1986) nicht vorläge. Aus den *Birthday Letters* hat Ted Hughes bereits einige vorab in den *Selected Poems* veröffentlicht. Sie sind mit drei Ausnahmen hier enthalten.

Dankbar sind wir denen, die unsere Übersetzung aufgrund ihrer kenntnisreichen Auskünfte am Boden der Realität gehalten haben: den Ichthyologen und Insektenforschern der Senckenbergischen Naturforschenden Gesellschaft, den Ornithologen des Frankfurter Zoos, dem Veterinäramt der Stadt Frankfurt, der Forschungsstelle Jagdkultur in Bamberg. Ted Hughes hat unsere Fragen präzis-bildreich und geduldig beantwortet und gab uns Hinweise zur Auswahl. Letztlich danken wir der ebenso kritischen wie immer wieder ermunternden Teilnahme des Lyrikers und Naturkundlers Arnfrid Astel am Projekt und an der Ausführung dieser Übersetzung. Er hat sie um zwei Nachdichtungen bereichert, die in besonderer Weise zeigen, wie Übersetzen selbst wieder produktiv wird.

Jutta und Wolfgang Kaußen

Hinweis auf deutsche Ausgaben

Gedanken-Fuchs. Gedichte
Englisch - deutsch. Übersetzt von Ekbert Faas in Zusammenarbeit mit Martin Seletzki. Berlin: Literarisches Colloquium 1971

Krähe. Aus dem Leben und den Gesängen der Krähe
Crow. From the life and songs of the Crow.
Englisch und deutsch. Übersetzung und Nachwort von Elmar Schenkel. Stuttgart: Klett-Cotta 1986

Gedichte
Zweisprachig. Übersetzt, mit einer Einleitung und Anmerkungen von Ulrich Horstmann. Heidelberg: Mattes 1995

Nachweis der im Band enthaltenen Gedichte

The Hawk in the Rain 1957 · The Thought-Fox; Song; The Jaguar; Vampire; Wind; October Dawn; The Casualty; The Martyrdom of Bishop Farrar; Song from »Bawdry Embraced«

Lupercal 1960 · February; Esther's Tomcat; Hawk Roosting; Fire-Eater; The Bull Moses; View of a Pig; The Retired Colonel; An Otter I, II; Witches; Pike; Cleopatra to the Asp

Recklings 1966 · Tutorial; Trees; The Lake; Small Events

Scapegoats and Rabies 1967 · I, II, III, IV, V

Wodwo 1967 · Thistles; Still Life; Fern; The Green Wolf; The Bear; Gog I; Song of a Rat I, II, III; Heptonstall; Pibroch; The Howling of Wolves; Gnat-Psalm; Full Moon and Little Frieda

Crow 1970 · That Moment; Crow Tyrannosaurus; Crow's Vanity; Crow's Song of Himself; Apple Tragedy; Littleblood

Prometheus On His Crag 1973 · 19

Cave Birds 1975 · The Scream; The Knight; Bride and Groom Lie Hidden for Three Days; The Risen; Finale

Season Songs 1976 · The River in March; Apple Dumps; Sheep I; Evening Thrush; The Harvest Moon; Leaves; A Cranefly in September

Gaudete 1977 · Collision with the earth has finally come; Once I said lightly; A primrose petal's edge; I know well; Calves, harshly parted from their mamas

Orts 1978 · Poets; Grosse Fuge; Children; Prospero and Sycorax
Remains of Elmet 1979 · Football at Slack; Moors; Chinese History of Colden Water; Rhododendrons; Emily Brontë

Earth Numb 1979 · Earth-Numb; A Motorbike; Deaf School; Life is Trying to be Life; Speech out of Shadow; Tiger-Psalm; A God

River 1983 · The River; Low Water; Japanese River Tales; Strangers; Go Fishing; A Cormorant; Performance

What is the Truth? 1984 · The Hen; The Hare

Flowers and Insects 1986 · Two Tortoiseshell Butterflies; Where I Sit Writing My Letter; Tern; The Honey Bee; Sunstruck Foxglove; In the Likeness of a Grasshopper

Moortown Diary 1989 · Rain; Dehorning; Sketching a Thatcher; The Day He Died

Wolfwatching 1989 · Astrological Conundrums I, II, III; Dust As We Are; Sacrifice; Walt I, II; Little Whale Song

New Selected Poems 1957-1994 · Uncollected: Do not Pick up the Telephone; Reckless Head; Anniversary.
You Hated Spain; The Earthenware Head; The Tender Place; Being Christlike; The God (1998 auch in »Birthday Letters«).
The Locket; Shibboleth; Folktale; Descent; Lines about Elias

Verzeichnis der Gedichte